博多豚骨拉麵團 1

木崎ちあき
插畫／一色 箱

林憲明

Lin Xianming

受制於地下組織的殺手

榎田

Enokida

天才駭客情報販子

齊藤

Saitoh

走投無路的新進員工

博多豚骨拉麵團

HAKATA TONKOTSU RAMENS

1

hakata tonkotsu ramens

開球儀式

「假設你很想殺一個人，動機是什麼都行，比方情人被那個人所殺，或是覬覦那個人的財產。總之，你必須殺了對方，你會怎麼做？」

面對面試官這個突如其來又荒唐的問題，所有求職畢業生都啞然無語。他們穿著沒有一絲皺褶的全新西裝，腰桿挺得筆直，張大嘴巴。他剛才說什麼？殺人？有沒有聽錯啊？在場的每個人都這麼想。

「你會怎麼殺人？」

面試官再次詢問，看來似乎不是聽錯。

會怎麼殺人？這種問題齊藤連想也沒想過。如果真的認真思考過這種問題，現在他所在的地方就不是面試會場，而是監獄了。

齊藤奮力運作轉不過來的腦袋，努力思考。這個問題的用意究竟是什麼？要求的是什麼？計畫性？還是倫理觀？公司追求的是做出什麼答覆的學生？齊藤硬生生擠出笑容，拚命解讀問題的含意。

剛才面試官只問了兩個問題：「你的長處和短處是什麼？」、「學生時代曾經努力做過什麼事？」兩者都是面試時的老套問題。

緊張瑟縮的學生們面對這些問題時，尚能抖著聲音答出預先擬妥的模範解答，誰知在他們鬆了口氣、緊張也終於舒緩下來之際，居然冒出「你會怎麼殺人？」這種問題，感覺就像是在連續兩顆球速一百、正中偏高的好打直球之後，突然來了顆不規則轉彎的無旋轉指叉球一般。

求職指南書上說過，最近有些企業會在面試時提出怪問題來動搖學生，比如「如果你有一億圓，會怎麼使用？」「如果把你比喻成調味料，你覺得你是哪種調味料？」「請隨意說些趣事。」之類的，大概是為了測試學生的臨機應變能力。齊藤也做好了見招拆招的心理準備，但是這個問題實在太過出人意表，豈止是動搖，根本是大地震。

面試官有三個，提問的是坐在中間的男人；相對地，學生有五個，從面試官的方向看來，齊藤坐在最接近出入口的右端。回答順序是從最左端的學生開始，齊藤是最後一個。

如果齊藤已獲得任何一家公司的內定錄取資格，他肯定會撂下一句「不知道」轉身就走，但截至目前為止，他已經向五十家公司投了履歷，每家都是石沉大海，好不容易才在第五十一家獲得面試機會。幸好還有一段時間才會輪到他回答，他必須在那之前想出一個巧妙的答案，給面試官留下良好的印象。

第一個學生老實回答：「殺人是犯法的，我做不到。」瞬間，學生之間流過一股奇妙的氣氛。「哦，原來這樣回答就行了。」「搞什麼，根本不用想太多嘛！」那是種如釋重負的氣氛，他們大概認為這個問題測試的是倫理觀吧。接下來的三個人也刻意用艱深的詞彙滔滔不絕地論述「不可以殺人」的宗旨。「就算不殺他就會被殺也一樣？」面試官反問的是齊藤鄰座的學生。不知不覺間，就快輪到自己了。

將一頭長髮束在腦後的褲裝女學生自信滿滿地點了點頭。「對。就算是這樣，也不能犯法。」

說的比唱的好聽——齊藤在心中竊笑。

測試倫理觀？

真的是這麼回事嗎？

齊藤不以為然。這家公司需要的是知曉「不能殺人」這個道理的學生嗎？不是吧，這種道理連小學生都明白。問題不在這裡，面試官那副百般無聊的表情，正好佐證了這一點。

「好，接下來是齊藤同學，請你回答。」

終於輪到自己。

答案如果和其他人一樣，想必無法讓面試官留下任何印象，因此，齊藤刻意說了與眾不同的答案。到這個關頭，他已經豁出去了。

「我以前差點就殺了人。」

齊藤的話語讓瀰漫於學生之間的溫吞氣氛瞬間凍結。這傢伙在胡說什麼啊——其他學生的驚訝表情彷彿就在眼前。

「哦？」面試官發出了驚嘆聲，探出身子。「是怎麼一回事？」

「高中時代，我是棒球隊的。我們學校是關東的知名強校，而我是王牌投手。」

齊藤不著痕跡地自誇一番。

「還曾經進軍甲子園。」

「是嗎？可是履歷表上沒有寫。」

如同面試官所言，無論是興趣欄或專長欄，齊藤都沒有填上「棒球」。

「齊藤同學，你是強校的王牌投手，大學卻沒有加入棒球隊也沒有參加棒球社？多可惜啊。」

「因為我後來無法投球了。」

「是受傷嗎？」

「不是。」

齊藤靜靜地吐了口氣，繼續說道：

「我在甲子園投球的時候，不小心向敵隊打者投了一記頭部觸身球。當時，對方倒在地上一動也不動，被擔架搬上救護車，送往醫院。球打中了要害，他昏迷不醒，甚至有生命危險。」

後來，敵隊打者雖然奇蹟式地復原，卻因此賠上三年級的春天和夏天。

「當時，我成天提心吊膽，害怕自己變成殺人凶手，還因此得了投球失憶症。從那時候以來，我就無法好好控球，也不敢對著人投球，就連傳接球也不行。」

「原來如此，所以你才不打棒球了。」

「對。所以，我不適合殺人。」

齊藤自虐地笑了。

「我沒有那個膽量，也沒有那個本事，如果我真的很想殺某個人，我會付錢請別人替我動手。」

齊藤心裡舒坦極了。他不知道面試公司想要的是什麼樣的答案、什麼樣的學生，不過，他已經竭盡所能、全力以赴。即使沒被錄取，他也不後悔。

兩個禮拜後，齊藤收到了內定錄取通知，樂得手舞足蹈。

此時的齊藤還不知道，他臨時想出來的答案「如果真的很想殺某個人，會付錢請別人動手」，正是這家公司的經營理念。

一局上

時值星期五晚上，店裡人滿為患。這家薪資微薄的上班族和學生聚集的全國連鎖居酒屋，所有座位都是半開放式的包廂，內設掘地暖爐桌，四方用格子牆圍起來。宗方等人被帶往店內深處，鄰座有兩個上班族樣貌的男人，正愁眉苦臉地喝著悶酒。店裡很吵，聽不見他們的聲音，八成是在抱怨工作上的事。你們的心情我很了解——宗方暗自點了點頭。

待飲料送上之後——

「今年一整年辛苦大家了。」

最為年長的宗方用嘶啞的嗓音帶頭乾杯。他一舉起生啤酒杯，四個杯子便往桌子正中央聚集，相互碰撞。其中三杯是生啤酒，一杯是烏龍茶。

宗方一口氣喝掉半杯啤酒，帶著嘴角的白色泡沫說了句充滿中年人氣息的台詞：

「啊，真好喝，整個人都活過來了。」

事實上，宗方確實是個中年人。他已經四十歲，眼尾和嘴角都有明顯的皺紋；如果臉上沒有遮住右眼的黑色眼罩，看起來就像個隨處可見的普通中年人。不過以一個普通中年人而言，他身上穿戴的衣飾太過高級。身上是高雅的條紋西裝，捲起的袖子底下露出名牌手錶。

「宗方大哥，今年還有兩個月。」坐在旁邊的紫乃原一面喝烏龍茶一面說道：「現在辦尾牙稍嫌太早了吧？」

紫乃原還是新人，雖然和宗方一樣穿著西裝，看起來卻不像社會人士，反倒像是參加成人禮的大學生。事實上，他確實是個大學生，和宗方的年紀相差甚遠，站在一起活像一對父子。

「沒關係，因為接下來會忙得沒時間辦尾牙。」

「啊，請叫店員過來，我想吃牛雜鍋。」

「聽我說話！」

「我可以點雞胗嗎？」這回換成坐在宗方正面的麗子開口。她邊用鵜鶘鳥嘴形狀的髮夾束起一頭褐色的大波浪長髮，邊盯著菜單說道：「芝麻鯖魚也不錯。欸，我可以點嗎？」

「別問我。」

「不是你請客嗎？」

為什麼是我請客——話說到一半，宗方又閉上嘴巴。這四個人之中，自己最年長，資歷也最深。年長者和前輩必須請客的日本風俗令他厭煩不已，他把用髮膠往後固定的瀏海抓得一團亂。

「宗方。」坐在麗子身旁的俄國混血壯漢伊萬諾夫喃喃說道：「我出一半。」

「你人真好。」宗方感慨良多地說。伊萬諾夫長得雖然可怕，性情卻溫和體貼。

「沒關係，別在意，我請客，你們盡量吃吧！」

話才說完，宗方心裡又覺得有點不妙。伊萬諾夫長得高頭大馬，叫他盡量吃，不知會不會把這家店的所有餐點都吃光？幸好這個身高超過兩米的大漢只是縮著背，小口小口地吃著下酒菜。他也穿著西裝，但沒有打領帶，淡褐色頭髮理成平頭，臉上有好幾道傷疤。

「紫乃，你喝什麼烏龍茶啊？喝啤酒！都已經滿二十歲了。」

宗方催促道，紫乃原流露出明顯的厭惡之色。

「宗方大哥，你這樣是灌酒耶。」

「囉唆！」

「要說的話，伊萬大哥也一樣啊。」紫乃原瞪著伊萬諾夫。「為什麼喝啤酒？」

「不行嗎？」

「要喝伏特加才對吧，俄國人就該喝伏特加。」

「你這是種族歧視喔。」

「我不是俄國人，是埼玉人。」

伊萬諾夫說話總是咕咕噥噥的，和他壯碩的體格完全不相襯。

「好，進入正題吧。」待餐點都送來以後，宗方起了話頭。「你們知道下個月就是大選了吧？」

「大選？」詢問的是紫乃原。「什麼大選？」

「哦，對了，你剛進來，所以不知道。」

「就是福岡市長選舉。」麗了插嘴：「四年舉辦一次。我們老闆就是在八年前的選舉中首次當選的，下次是第三任了。」

「一到這個時期，老闆就要參加交流會、演講或進行街頭演說，在人前露面的機會變得很多。」

「好像很麻煩。」

「沒錯，很麻煩。跟老闆有仇的人或許會裝成支持者要他的命。所以，從現在起到選舉結束的這段期間，老闆身邊要隨時留一個人保護他。麗子、紫乃，你們兩個輪班。」

「咦？」紫乃原皺起眉頭。「接下來是考試週，我很忙耶。」

「我和伊萬諾夫總不能在老闆身邊晃來晃去吧。」臉上有疤的大漢與單眼戴著眼罩的男人若是待在市長身旁，反而會引起不必要的懷疑。「我們是殺手，不是保鑣。老闆的人身安全交給專業人員負責，你們的首要任務是殺了襲擊老闆的人，明白嗎？」

「知道了。」麗子一面把芝麻鯖魚放入口中，一面說道。

紫乃原似乎仍有不滿，還在嘀咕：「我的學分很危險耶。」

桌子中央放著卡式爐，四人份的牛雜鍋正在沸騰冒泡。宗方把火稍微關小一點之後，又繼續說道：

「我們本來的工作並不是保護老闆的人身安全，而是保障老闆的立場安全。老闆的曝光率因為大選而上升，代表只要有一點小醜聞，就會導致身敗名裂。留意老闆周遭，剷除礙事的人，不利於老闆的消息要在流出之前壓下來。」

「就和平時一樣，對吧？」紫乃原邊調整眼鏡位置邊說道。

「沒錯。首先是這傢伙。」宗方從公事包中拿出某個男人的照片和數張資料。「博多署的掃黑組條子，聽說在偷偷摸摸地四處調查老闆和黑道的關係。」

「我來吧。」伊萬諾夫接過資料。「勒死他就行了嗎？」

「勒死他以後吊起來。還有，關於老闆的兒子——」

「現在這個季節吃火鍋最好吃了。」

紫乃原打斷宗方的話，逕自吃起牛雜鍋。

「聽我說話！」

「火鍋最後要放什麼？」

「當然是麵啊。」麗子說道，一副除了麵以外不作他想的口吻。

「要泡飯才對。」伊萬諾夫反駁。

放什麼都行。宗方嘆了口氣：「工作的事以後再談，先吃飯吧。」

一局下

「……咦？調職？」

好不容易習慣了應求職之需所購買的樸素西裝，卻在這時候收到突如其來的調動命令。面對大模大樣地坐在辦公桌前、瀏海七三分的上司，齊藤瞪大眼睛。

「對，調職，從明天起。」上司執拗地擦拭眼鏡上的汙垢，面無表情地點頭。「我們這裡人太多了，上頭希望調一些人到人手不足的分部去。」

齊藤早就有預感了。

前幾天，齊藤在工作上犯了個大錯，他已經做好接受處罰的心理準備，只是萬萬沒想到竟然會是調職。

「我早就聽說最近的新進員工很沒用，沒想到這麼誇張。」

「……對不起。」

歷經半年多的研習，好不容易才被委付工作，卻犯了錯，如此而已。這種處罰對於一個進公司未滿一年的新人而言，未免太嚴苛一點吧？這簡直像是對在職棒初登板的比賽中，三局丟掉八分、引發眾怒的大專畢業新人投手說：「你太沒用了，請你另謀高就吧。」並無償交易那名投手一般。

當然，失敗的自己也有錯。齊藤也一再向上司及客戶道歉，甚至跪地磕頭。然而，這家公司卻因為新進員工犯了錯，便立刻將他調職，顯然異於平常。話說回來，齊藤早就知道這家公司不尋常。

「如果調職以後還是做不出成績，你知道會有什麼後果吧？」

「是。」

齊藤嘴上如此回答，其實根本不知道會有什麼後果。他完全無法想像。

「你要做好被砍頭的心理準備。」

原來如此，調職之後是解僱，無償交易之後就是戰力外通告啊。

「……我會謹記在心。」

「你知道砍頭的意思嗎？」

太瞧不起人了吧！齊藤如此暗想。就算他是三流大學畢業的，也還沒有無知到不懂這種俗語的地步。

「我知道，就是解僱的意思吧？」

「不是。」這個世界沒這麼好說話。「就和字面意思一樣，是用刀子把頭砍下來的意思。」

齊藤毛骨悚然。他知道這不是單純的威脅。上個月，同期的新進員工試圖進行內部告發，卻突然被發現自殺身亡。反抗公司唯有死路一條，這已經不能叫做黑心公司，而是黑暗公司了。

「那我要調到什麼地方？」

「福岡分部。」

「咦？」齊藤忍不住出聲問道：「福岡嗎？」

福岡這個地方的風評不太好。表面上雖然是和平的觀光都市，食物可口又宜居，暗地裡卻是犯罪蔓延。尤其福岡是殺手業的激戰區，齊藤現在的心境宛若即將被送往戰場最前線。

「你要小心點，聽說福岡有『殺手殺手』。」

「殺手殺手？」這是什麼妖怪的名字嗎？齊藤歪頭納悶。比如克魯波克魯(註1)或毛羽毛現(註2)之類的。「那是什麼？」

「『殺手殺手』，專殺殺手的殺手。我們公司也有員工栽在他手上。」

齊藤越發不想去了。

殺人承包公司（Murder Inc.）。

這就是齊藤上班的公司私底下的名稱。表面上偽裝成人力派遣公司，其實派遣的是殺手，據說是以從前外國的真實犯罪組織為原型創設的公司。

坐在東京往博多的新幹線上，齊藤暗自思索，自己怎麼會跑來這種公司上班？他的人生究竟是在哪個環節出了差錯？回想起來，打從面試官提出那個問題的那一刻起，自己的人生就變了調。

好不容易被錄取的公司，竟是殺人承包公司。進公司後的半年間，為了成為獨當一面的殺手，齊藤參加研習，學習武器的使用方法、跟蹤方法及開鎖方法。公司也曾經舉辦訓練營鍛鍊新進員工的體能，同期進公司的新人大半都是在這個階段被刷掉的。

面試的時候，如果自己的答案是「殺人這種壞事我做不來」，想必結果會完全不同吧——齊藤想著這類思之無益的事，逐漸產生睡意。電車溫和地搖來晃去，坐起來舒適極了。

◉註1：愛奴族民間故事中登場的小矮人。
◉註2：日本民間故事中登場的神祕生物，外觀與蒲公英相似。

新幹線平穩地駛向福岡。

眼皮很沉重，非常沉重，不是因為想睡，而是因為假睫毛。假睫毛太重了，稍一鬆懈，眼睛就會變成半閉狀態。「讓妳眼力倍增！」包裝上是這麼寫的，但實際一用，根本是反效果，眼力豈止沒有倍增，反而減半。

真虧女人戴得住這種玩意兒──林憲明暗自佩服，在市營地下鐵的中洲川端站下了電車，走向六號出口。踩著高跟鞋的腳步聲在通道上迴盪，每走一步，及胸的褐色直髮便規律晃動。

目標的住址已經打聽到了，在福岡市博多區須崎町一丁目，一棟叫做東天神之心的公寓，從車站步行不到十五分鐘即可抵達。林沒有搭乘計程車，而是徒步前往。若是被計程車司機記住他的長相，可就糟糕了。

來到地面上，林在博多座旁的道路上直線前進。玻璃牆上映出自己的身影：黑色洋裝加長靴，妝雖然比平時濃了些，不過怎麼看都是女人。好，沒問題！他在心中點了點頭。

前頭就是單側三線道的昭和路，林走過長長的斑馬線，穿越昭和路繼續前進，在第一個街角發現一棟褐色的磚造公寓。公寓共有七層樓，一樓是香菸店，入口處標示著東天神之心。

林搭乘電梯上了四樓。目標就在最底端的套房，四〇五號室。林按下電鈴，門微微地打開，但門鏈依舊掛著。一個女人從門縫探出臉來，一看就知道是個容易被蠢男人拐跑的蠢女人。她似乎剛睡醒，身上穿著厚厚的粉紅色家居服，接近金色的褐色長髮處處打結。就算扣掉沒化妝這一點，還是我比較漂亮——林如此暗想。

「妳是誰？」女人詢問林。

如果林是個身穿黑衣、凶神惡煞的男人，她必定不會開門，而是會裝作沒人在家，直到林離去為止。然而，她卻開了門，因為來訪者是個女人，而且類型看起來似乎與自己相同。

林沒理會女人的問題，反問：「孝史在嗎？」

「孝、孝史是誰？」女人裝蒜，因為她正藏匿著這個男人。「我不認識這個人。」

演技真爛——林險些笑了出來。他不理會女人的話語，對著屋裡大叫：「欸，你在這裡吧？孝史！你聽見了吧！到底是怎麼一回事，給我解釋清楚！這個女人是誰！原來你一直腳踏兩條船嗎！」

「慢、慢著。」看了林演的這齣戲，女人臉色大變。「腳踏兩條船？什麼意思？」

「妳不知道嗎？那個男人和我也在交往。」

「騙人的吧？怎麼可能……」

確實是騙人的。「孝史在哪裡？」

「他在沖澡。」

的確，女人背後傳來淋浴聲。

「我要和那個男人攤牌，可以讓我進去嗎？」

女人點了點頭，拿下門鏈，大開門戶，讓林入內。

林無法克制臉上的賊笑。

他突然想起七隻小羊的故事，現在他十分明白大野狼的心情了。面對把自己當成母親輕易開門的小羊，想必大野狼也覺得很掃興吧。沒想到這麼好騙。

東天神之心的格局棒極了，一房兩廳，走進玄關後就是廚房，廚房裡就有菜刀。比起使用自己的武器，利用現場的物品較不易留下蹤跡。女人轉向後方的瞬間，林伸手拿起菜刀，用戴著黑色皮手套的手從背後摀住女人的嘴巴，割斷她的喉嚨。

廚房對側是浴室，男人正好走出來，鮮血從女人的喉嚨猛烈噴出，剛淋浴完畢的男人這回淋了滿身的女友血沫，滴水的身體和纏在腰間的白色浴巾染得一片通紅。女友突然死在眼前，男人一頭霧水，只能茫然以對。

「我不太喜歡殺女人。」林的視線從倒在廚房前的女人移向剛洗完澡的男人身上。「殺男人的手感比較好，如果是高手就更好了。」

「你、你……」滿臉青春痘的年輕男人這才體驗到恐懼的滋味，臉龐逐漸扭曲起來。「到底是誰？是什麼來頭？」

「我？」林笑道：「我是殺手。」

「該不會是華九會派來的吧？」男人總算搞清楚狀況了。「為了殺我，特地偽裝成女人？」

「偽裝？不，這是我的興趣。我喜歡穿女裝，不過我討厭戴假睫毛。」

男人往裡逃。林小心翼翼地避開積血，跨過女人的屍體，跟著往裡追。「你知道那間叫做 Miroir 的俱樂部是華九會的店吧？在這種店裡捲款潛逃的下場會有多慘，你應該明白吧？」

「是、是我錯了！我會還錢的！」

「啊，不，不用了，錢不必還，反正雇主也沒叫我把錢討回來，你就拿去辦喪事吧。替你自己……」林用拇指指了指廚房。「和死在那邊的女友辦喪事。金額應該綽綽有餘吧？」

「饒、饒了我吧！」男人軟了腿，像隻毛毛蟲在地板上爬行，試圖逃離林。

「要是縱容這種行為，整個組織都會顏面掃地，所以要殺雞儆猴，讓大家知道反抗華九會是什麼下場。」

「我欠了很多錢，不得已才這麼做的。我不會再犯了。」

「哦，欠錢啊？我懂你的心情，我也欠了一屁股債。」

所以才幹這一行——林一面轉動菜刀，一面笑道。

「你偷走的營業額是一千萬，對吧？真好，我殺了你們兩個，拿到的錢卻只有一百萬。一百萬耶！一百萬！你們的命只值這點錢，實在太讓人心酸了。」

「不、不然這麼辦吧！」男人突然高聲說道：「錢還剩下四百萬，全都給你，你放過我，好不好？你缺錢吧？」

「瞧你一臉蠢樣，歪腦筋卻動得挺快的，佩服、佩服。」

林聳了聳肩。他很同情那個女人。這個男人滿腦子只顧著自己活命，根本不在乎女友的死活。哎，說來也是勾搭上這種男人的女人自作自受。

「只可惜不是這個問題。一旦接下工作，就必須完成。」林抓住男人的頭，在他的耳邊輕喃：「因為我是職業殺手。」

接著，林一口氣割斷男人的喉嚨。

剛才那句「不太喜歡殺女人」還是收回吧——林一面翻箱倒櫃，一面如此暗想。這個女人的衣著品味還不賴。林把幾件中意的衣服塞進名牌包，順道連名牌包也一併接收。殺女人還有衣服可拿，可謂一石二鳥。

離開公寓後，林沿著昭和路走向天神一帶。難得來天神一趟，他想去CORE和PARCO等購物商場逛逛。林沒有多餘的閒錢買新衣服，向來都是試穿而已，即使如此，他還是很喜歡欣賞穿什麼都好看的自己。很漂亮吧？是這個世界上最美的人吧？宛若童話故事裡的女王般攬鏡自照，自我陶醉。同時，林想起了妹妹。他和妹妹已經十多年沒見面，在中國生活的妹妹，想必和他一樣出落成了一個美人吧——林總是如此想像。穿上女裝照鏡子，感覺上便如同見到妹妹。

身高一百六十五公分的林踩著高跟鞋走在街上，向來引人矚目。以女人而言，他的個子算高。或許是因為容易吸引旁人的目光，他常常被攔住，有的是演藝公司的星探，有的是推銷員，有的則是想搭訕。人家都沒發現林是男人。取笑這些蠢男人「蠢頭蠢腦」是林的樂趣之一。

時值週六，天神比平時更為熱鬧，車多人也多。幾輛選舉宣傳車在附近打轉，選舉似乎快到了。但是不關林的事，他才十九歲，也沒有日本國籍。

宣傳車上的廣播小姐一面揮手，一面反覆說著「謝謝」。她尖銳的聲音十分刺耳，林忍不住逃進以年輕人為客群的服飾店聚集的大樓裡。進了大樓以後，他才發現手機在響，是雇主打來的電話。見到來電畫面上顯示的「張」字，他萌生一股不快感，不情不願地接起電話。「幹嘛？」

『為什麼不接電話？』張高亢的聲音刺激著鼓膜。

「選舉宣傳車太吵了，我沒發現。」

『調成震動模式，這是幹這一行的基本守則，蠢蛋。』

囉唆，你才是蠢蛋，去死啦——林在心中反抗。「有什麼事？」

『當然是工作。你以為我會找你聊天嗎？』

「真遺憾，今天已經打烊了。」

『殺手還有分開張或打烊的嗎？』張傲慢地說：『全年無休，二十四小時營業。』

「聽說殺人承包公司是週休二日。」

『那是騙人的，公司行號對外都會搬出一些好聽的條件。』

「我是自營業，想休息的時候就休息。」

『哼！』張用鼻子哼了一聲。『負債累累的人休息什麼？有空休息不如多工作。我可是大發慈悲才會僱用你這種外行的小鬼，你要心懷感激。』

我才不外行，我是行家——林心中憤懣不平。

換作平時，林鐵定會咒罵：「囉唆，去死啦！死個三次再說！」不過今天他的心情很好，不但多了幾套漂亮的衣服，負債地獄也終於看得見出口。只要再付五百萬圓，他就能擺脫張了。「哎，算了，我就忍一忍，反正你那張油膩膩的臉再看也沒有多久。這次要我殺誰？」

『住址我會用簡訊傳給你，是個姓武田的掃黑組刑警。』

說完，電話便掛斷了。

殺刑警或黑道分子的酬勞比一般人高，行情價大約是五、六百萬。看來下一件工作會是最後一件，林的腳步自然而然地變得輕快起來。

三越前的廣場有個穿著迷你裙的年輕女孩正在發放五顏六色的氣球給小孩，似乎是在舉辦適合闔家參觀的活動。林走過展場女郎身旁時瞥了她一眼，心裡暗自得意：「我的身材比較好，長得也比較漂亮。」林如此暗想，又自我陶醉起來。他的心情好極了。

林看了手機一眼，張的簡訊已經傳來，上頭記載著住址。下一個目標住在箱崎，林必須折回天神站，搭乘通往福岡機場的電車。來到車站，林從包包裡拿出票卡夾，裡頭有車票儲值卡和一張照片。

搭乘電車的期間，林一直看著那張照片。皺巴巴的舊照片上有一個年輕女人和一對幼小的兄妹，正是母親、林和妹妹僑梅。那是距今十年前，九歲的林離家之前離情依依地拍下的照片。沉溺於酒精與賭博的父親留下一屁股債，消失無蹤，貧窮的林家必須賣掉孩子才能夠生活。後來，林便靠殺人賺錢，一面還錢給組織，一面寄錢回家。

林在心中對著照片說道：「媽、僑梅，就快了。再過不久，我就能把債還清，去找妳們。」

林從中洲川端站轉乘箱崎線，想著往事，轉眼間就抵達目的地。他在中洲川端站四站後的箱崎宮前站下了車，走上一號出口的樓梯。眼前是個腳踏車停車場，更前頭還有座灰色鳥居，鴿子很多，光是大略數數就有二、三十隻。

林皺起眉頭。他討厭鴿子，一看見鴿子，就會想起從前，想起乞討的自己。那群鴿子看起來和孩提時代跑到鬧區糾纏觀光客的自己一樣，啄食地面的鴿子和撿拾路邊剩飯的自己彷彿重疊在一起。

林忍不住搖了搖頭。「不，那不是我，不是我。」林不斷告訴自己。「我已經不是當年的我了。我變強了，就算不靠別人也能獨力活下去。現在的我已經不是當年那副髒兮兮的模樣，不是嗎？我打扮得這麼漂亮，光鮮亮麗地走在路上。」

經過筥崎宮後，一棟黃白混合般的不起眼十層樓分租公寓映入眼簾。下一個目標就住在這棟公寓裡，不過情況似乎不太對勁。公寓前擠滿了人，還有好幾輛警車停駐，外頭拉起禁止進入的黃帶，看來是無法入內。

究竟發生什麼事？就在林歪頭納悶之際——

「聽說是上吊。」林尚未開口詢問，旁邊某個家庭主婦樣貌的中年女人便主動告知。「上吊自殺。剛才我聽見這棟公寓的住戶這樣講。」

「自殺？誰死了？」

「三〇九號室一個姓武田的人。」

三〇九號室的武田，不就是他要殺的人嗎？自殺？搞什麼鬼啊！林感到掃興，他的殺意完全萎靡了。

警固公園中央聚集了許多人。現任市長原田正太郎手拿麥克風，正在對他的支持者發表演說。不愧是演員出身的人，口條極佳。聚集的人群想必絕大多數都是幌子，不過其中也有停下腳步用手機拍攝他的路人。

距離約定時間還有十分鐘，但對方已經在約定地點等候。那是個姓馬場的男人，在博多站附近開了家偵探事務所。他的年紀比重松小一輪左右，但是舉止沉著穩重，感覺甚至像是比重松年長。馬場的五官端正、手腳修長，身材也很好，卻帶有一股頹廢的氛圍。只要改掉駝背的習慣，稍微打扮一下，女人鐵定不會置之不理，可是他毫不在意自己的外貌，總是頂著一頭亂髮，穿的衣服也很邋遢。今天他穿的是領子變鬆的白色上衣及老舊的牛仔褲，真是太可惜了，根本是暴殄天物。

見面地點是警固公園的一角，馬場似乎覺得很無聊，撕下他正在吃的麵包扔給鴿子。三隻鴿子在馬場腳邊慌慌張張地搶食，寸步不離他的身邊，似乎是黏上他了。馬場的頭髮捲得很厲害，就像鳥窩一樣，搞不好鴿子會跑到他的頭上下蛋——重松腦中冒出這般無聊的想像，獨自笑了起來。

這時馬場察覺到重松，舉起一隻手。重松拖著塞滿現金的大行李箱走向他。那個行李箱大得足以容納一個人，一路拖到這裡費了重松不少力氣。

「你來得真早啊，馬場。」

重松一靠近，鴿子全都逃走了，馬場露出有些落寞的笑容。

「博多人性子比較急唄！」

馬場和上了大學以後才在福岡定居的重松不同，是在博多出生長大，二十八年間一直在福岡生活，說話的腔調也很重。

「重松大哥，瞧你一臉疲憊，沒空歇息麼？」

馬場說得沒錯，接踵發生的犯罪事件讓重松根本沒時間睡覺。

「鴿子會往有飼料的地方聚集，犯罪也一樣。」

現今福岡市的外地人比本地人還多，「亞洲門戶」這個形容詞可說是相當貼切。市長向來積極推動海外招商，然而就結果而言，這個方針就連海外的地下組織都一併歡迎了。不光是市內的黑道，亞洲的黑道也來參一腳，這個城市的黑社會變得越來越朝氣蓬勃。

「這個城市也變了很多呀。」馬場心有戚戚焉地說道：「城市和人全都變了。」

「沒變的就只有你和『博多通饅頭』而已。」重松在馬場身邊坐下，切入正題。

「今天早上，我們署裡刑警的遺體被發現了。」

馬場並不是很驚訝。「哎呀呀。」

「在家裡上吊。那是我的前輩，平時很照顧我。」

「上吊？是自殺？」

「有遺書，說是害怕挪用證物的事被發現，所以畏罪自殺。」

「但事實不見得如此。」馬場側眼望著重松。「你是這麼想的唄？」

重松點了點頭。「在這個城市，只要有錢有權，連事實都可以買。」

只要付錢僱用殺手殺人，再買通警察配合，要偽裝成自殺輕而易舉。

「他是個非常正直的人，撒謊的本領很差，偶爾想投指叉球，球卻完全沒下沉，最後還是變成直球。至少我能確定他不是那種會挪用證物的人。」

「原來如此。」

「你看看這個。」重松從西裝內袋拿出一張照片。「這是我塞了十萬圓給鑑識人員才拿到的現場照片。」

照片上是自殺刑警的頸部特寫，脖子上留有一整圈的粗繩痕跡。

「除了繩子的痕跡以外，還有幾個很像斑點的瘀青，對吧？這不是自殺，而是勒殺，手指準確地壓迫喉嚨、動脈和靜脈這些人體要害。」

「是職業殺手幹的。」

「嗯。」

重松這回拿出一個信封，是大小和照片差不多的白色信封。

「昨天，有人把這個信封送來我家。雖然是匿名，但只可能是他送來的。信封裡有張照片，是很危險的照片。」

「那個前輩隱約察覺到自己會被滅口？」

「欸，馬場。」重松把信封遞給馬場。「這個工作你願意接嗎？」

這是椿已經鬧出一條人命的案子，重松原本以為馬場會慎重考慮，沒想到他竟然一口答應：「行。」

「多謝。不能再讓那些壞人逍遙法外了。我已經準備好現金，方便你立刻使用，如果不夠再跟我說。」

重松把行李箱一併交給馬場。馬場微微打開行李箱瞄了一眼，確認裡頭塞滿大量鈔票之後，才打開信封。

見了信封裡的照片，馬場一反常態地瞪大眼睛。他比對了照片上的男人和現在正在公園中央演說的男人，壓低聲音問：「這是原田市長？」

那張照片似乎是在某間高級俱樂部偷拍的，八成是買通店裡服務生拍的吧。照片中央，福岡市長原田正太郎和一個光頭男人正在說話。談話對象只拍到背影，看不出是誰。市長身旁是個女人，背後是店裡的服務生。原本持有這張照片的刑警被殺，代表這場會面應該具有某種意義。

「換句話說，那個前輩打算揭穿市長的惡行，結果被做掉了，而你希望我幫他報仇雪恨。」

「沒錯。」

原田市長在檯面下有不少負面傳聞。他本來是個演員，與地方政治毫無關係，之所以能夠當選市長，不只是靠名人光環，還有與他暗中勾結的福岡地下組織。如今權力過度集中於一個人身上，不能再繼續放任市長為非作歹了。

「抱歉，馬場，每次都要你幹這些骯髒事。」

「別放在心上。重松大哥也一樣唄？為了籌這些錢，想必幹了不少骯髒事。」

「要對抗犯罪者，只能成為犯罪者。」

馬場瞪著照片中的女人。「這個美人是誰？看起來不像酒店小姐。」

「不清楚，大概是市長的祕書吧？」重松指著公園中央。「你瞧，那個女人就在那裡。」

原田市長已經結束演說，走向支持者，與他們握手。他的斜後方有個年輕女人，和照片上的女人有些相似。

「我過去看看。」

馬場行動了。他站起來，一直線走過去。

「喂，你要去哪裡？」

重松呼喚，但馬場並未回應。

馬場的視線前方有個小孩，是個幼稚園年紀的小男孩，家長不在附近。那個小孩仰望著一棵大樹，視線前端是顆氣球，似乎是他沒拿好，氣球飄了上去，卡在枝頭。

「小弟弟。」馬場對小孩說道：「你等等，哥哥替你拿下來。」

馬場拉開一小段距離助跑，一躍而起。由於他個子高，右手一伸便輕輕鬆鬆地抓住氣球的線。

半哭的小孩開心不已地說：「叔叔，謝謝你！」這幅溫馨的光景讓重松自然而然地露出笑臉。

然而，下一瞬間，意料之外的事發生了。

馬場用力踐踏那顆氣球，活像要踩熄菸頭的火一般，用鞋跟反覆磨蹭。

饒是重松，也不得不大吃一驚。

氣球破了，清脆的爆裂聲響徹四周，現場倏地鴉雀無聲，小孩隔了一拍後放聲大哭。他當然要哭了——重松暗想。察覺孩子異狀的父母則從另一頭慌慌張張地跑過來。糟了。

「哎呀，別哭了，我給你一個更好的東西。」馬場不耐煩地說道，從皮夾裡抽出一張萬圓大鈔，悄悄遞給小孩，對他附耳說道：「拿這些錢去買零食吃唄。」

說來有趣，小孩立刻停止哭泣，令重松有種無言以對的感覺。確實，有了一萬圓，要買多少氣球都沒問題，但是這樣實在太不可愛。

另一方面，馬場則是笑得十分開懷。

「真是個現實的小鬼，很適合做地下工作。」

話說回來，馬場這個男人還是一樣令人捉摸不清。為何突然做出踩破氣球這種詭異的舉動？重松要求他說明。

「你到底想做什麼？他叫你叔叔，讓你很不爽嗎？」

「我在觀察氣球爆裂的那一瞬間，那個女人採取啥行動。」

「女人的行動？」

「我想知道如果傳來槍聲，那個女人會做出啥反應，所以才弄破氣球測試。」

經他這麼一說，氣球破裂的聲音聽起來確實有點像槍聲。最近，福岡的黑道火拼變得劇烈，槍擊案也變多了，突然傳來巨響，會以為是槍聲而緊張是理所當然的事。倘若是有遇襲風險之人的周遭人士，自然更不用說。

「如果是大吃一驚，就只是個祕書；如果嚇得躲到市長背後，就是情婦；如果擋在市長身前，就是保鑣。」

「結果是什麼？」

「她把手伸向胸口，四下張望。那是殺手的舉動。」

「原來如此，是市長僱來的殺手啊。不過，殺死前輩的應該不是那個女人。」

「是呀。」

照片上的女人指甲很長，保養得漂漂亮亮，如果是她用勒殺的方式殺人，被害者的脖子上應該會留下更多指甲痕跡才對。

「或許市長還另外僱了其他殺手，請榎田老弟調查看看好了。」馬場提議。榎田是他們熟識的情報販子，從前似乎隸屬於外國的駭客集團，是個素有「沒有弄不到手的情報」之譽的天才。

「是啊，只要是在那小子的守備範圍內，他應該有辦法。」

「查出啥眉目以後，我會再聯絡你。」

馬場留下這句話後，拖著行李箱離開了警固公園。

齊藤似乎睡了好一陣子。當他醒來時，新幹線已經駛到廣島。窗外可望見球場，雖然距離開賽還有一段時間，卻已經有許多觀眾入場。這麼一提，現在是十一月初，正是職棒舉辦日本大賽的時間。聽說今年的對戰組合是鯉魚對鷹（註3），這個組合並不常

●註3：意指廣島東洋鯉魚隊及福岡軟銀鷹隊。

見，齊藤覺得很有意思，但沒有觀戰之意。

望著球場，往事又歷歷浮現。高中時的甲子園第一回合戰，對手是九州的代表隊。齊藤站在投手丘上，三局下半兩出局時，輪到第九棒的投手上場打擊。齊藤使出渾身之力投出直球，球卻脫離軌道，擊中打者的頭。敵隊打者猶如被彈開一般，轉了一圈後倒地不起，任憑隊友及教練如何呼喚都文風不動。後來，打者被送上擔架運走，期間依然一動也不動，活像在搬運屍體。

明明才第三局，齊藤卻汗如雨下。他的腦中一片空白，只能茫然呆立，沾滿止滑粉的右手不斷顫抖。

若是職棒比賽，齊藤會因為這顆危險的觸身球，立即被勒令退場；但他只是高中生，依然獲准繼續投球。然而，齊藤無法切換情緒，那顆觸身球徹底動搖了他，讓他的控球變得亂七八糟，投不進好球帶。一想到或許又會擊中對方，球便離打者越來越遠。自然而然地，他開始逃避與打者正面對決。於是，在連續保送三名打者的滿壘情況下，齊藤下了投手丘。

整個球隊原本就是靠齊藤這個王牌投手獨撐大局，齊藤下來後便潰不成軍。二號投手被打出清空壘包的三壘安打，轉眼間就丟失三分；對手勢如破竹，不知不覺間，一局便失了七分。齊藤只能抱頭坐在板凳上，聆聽敵隊打線的清脆打擊聲。

教練說道：「不到最後關頭，絕不輕言放棄。」這是他的口頭禪。教練坐在垂頭喪氣的齊藤身邊，猶如念咒似地反覆說著：「不到最後一刻，不知鹿死誰手。」

然而，他們都知道要追回七分的差距是不可能的事。齊藤的隊伍向來以守備為重，靠著王牌投手齊藤壓制對方打線，守住些微差距，贏得勝利，並沒有足以逆轉懸殊比數的打擊火力。從落後七分的局面大逆轉，這種奇蹟豈會如此輕易發生？齊藤緊緊地咬住嘴唇。

說著「不到最後關頭，絕不輕言放棄」的教練雙眼無神，看在齊藤眼裡，他是最先放棄的人。

結果，球隊輸了比賽。比賽結束後，教練帶著齊藤去探望被觸身球擊中的對手。醫生表示傷患的意識雖然恢復，但要進行長時間的復健，以後大概無法出賽了。自己的一球剝奪了對方的青春。齊藤多次前往探病，對方都以不想見到他為由，冷淡地拒絕。

非但如此，齊藤自己也出了問題。他是在比賽後的初次練習中發現身體的異狀，尤其是投內角球的時候，必定會變成暴投。當時的恐懼重新閃過腦海，他害怕對著人投球。漸漸地，他連傳接球的時候也無法好好控球。

回想起來，或許從那時候開始——從投出頭部觸身球的那一刻開始，自己的人生就脫軌了。如果沒有那一球，或許齊藤能夠在甲子園繼續勝出，贏得球探青睞，進軍職棒世界也說不定。那一球毀了他的人生。

又想起這種不愉快的回憶，齊藤嘆了口氣。他為了將意識抽離棒球，把視線從車窗移向旁邊的座位。鄰座上班族樣貌的男子正在看報紙，是西日本地區的報紙，齊藤無事可做，便側眼偷看報紙。駭人聽聞的文字映入眼簾：黑道火拼、槍擊案、外國人受毆致死案、婦女姦殺案、野貓虐殺案，全都是發生在福岡的案子。福岡這個城市到底是怎麼一回事？齊藤越發不安了。

二局上

『暗殺刑警進行得很順利。』伊萬諾夫傳來消息。

昨晚，伊萬諾夫殺了刑警，偽裝成自殺，並聯絡旗下的警界人士。今天刑警的死似乎正式以自殺處理了。當然，他們必須付出同等的回報。

宗方位於距離警固公園約有十分鐘路程的立體停車場內。當他坐在黑色運動休旅車的駕駛座上吞雲吐霧時，有人敲了敲副駕駛座的車窗。麗子正從窗外窺探車內。她和紫乃原交接市長的護衛工作後，便回到這裡來。

「辛苦了。有什麼異狀嗎？」

「有槍聲。」

「什麼？」

「後來仔細一看，才知道只是小孩的氣球破了。」麗子也叼起香菸，點上了火。

「你那邊呢？」

「很順利，刑警被當成自殺處理。」

「我們應該都會不得好死吧。」麗子吐出白煙。「只因為礙了市長的事，就把沒做過半件虧心事的人殺了。」

「沒辦法，我們是公務員，不能違抗上級的命令。」

正當宗方打算捻熄香菸時，胸口的手機突然震動起來。有人來電，畫面上顯示的是「兒子」。不是宗方的兒子，而是老闆的兒子。宗方根本沒有家人。

宗方懷著不祥的預感，接起電話。「喂？」

『宗方先生～是我～』年輕男人的聲音傳來，帶著令人煩躁的拖拉語調。『對不起～我又闖禍了。』

「怎麼回事？」

『我不小心玩死一個女孩～』

又來了？宗方嘆一口氣。「我馬上過去。」說完，他掛斷電話。

麗子在他身旁皺起眉頭問：「怎麼了？有什麼問題嗎？」

「變態兒子又闖禍了。」

「他這次又做了什麼事？」麗子也感到傻眼。「搶劫？傷害？強姦？」

「強姦殺人。抱歉，麗子，能替我跑一趟嗎？」

「啊？」麗子皺起眉頭。「為什麼叫我去？」

「我很忙，待會兒得去殺個流氓，分不開身；伊萬諾夫正在處理暗殺刑警的善後工作，紫乃在保護市長，只剩下妳。」

「不能委託業者嗎？委託 Murder Inc. 就好啦！」

「老闆討厭外包，因為他怕祕密外洩。如果要僱用，就得像我們一樣終身僱用。」

麗子大嘆一口氣。「我討厭那個小鬼。」

「放心，不只妳一個人討厭。」宗方露出苦笑。「大家都討厭他。」

「我想也是，真想殺了他。」

這句話由殺手口中說出來，顯得格外有說服力。

「千萬別這麼做。」就算是顆燙手山芋，畢竟是親生兒子，若是被殺，父親自然不會默不吭聲。「不然到時候我就得殺了妳。」

麗子不情不願地打開副駕駛座的車門。「剷除礙事的人，保護市長，還要替小屁孩擦屁股，再這樣下去我會過勞死。殺手可以申請職災補償嗎？」

「這我就不清楚了。」

麗子踩著高跟鞋離去。宗方透過後照鏡望著她的背影，想起她剛才說的話。

『我們應該都會不得好死吧。』

她說得沒錯，殺手的末路向來如此。

好，時間差不多了。宗方看了手錶一眼，發動車子。現在無暇沉浸於感傷中。他把車子停到另一個立體停車場裡，著手準備工作，拿出狙擊槍，加以固定，槍口對著黑道事務所。與目標的距離是五百公尺，綽綽有餘。宗方用單眼窺視瞄準鏡——話說回來，他原本就只剩下一隻眼睛。

目標男子走出事務所，瞄準鏡對準了男人的頭部正中央。宗方扣下扳機，子彈命中男人的後腦；男人倒地，小弟奔上前來。趁著混亂之際，宗方立刻坐上車子，迅速離開現場。

二局下

抵達福岡，首先令齊藤驚訝的是機場交通的便捷性。從福岡機場搭乘地下鐵至市中心博多，只有短短兩站的距離。雖然飛機在市區上空飛行的噪音有點擾人，但是和必須轉乘單軌電車的東京相比，著實方便許多。早知如此，就不搭新幹線，而是搭飛機來了——齊藤有些後悔。

博多站人很多，不過還不及澀谷或新宿。雖然聽說是個殺手占總人口數百分之三的危險都市，但感覺並非如此，甚至比齊藤從前居住的城市更為安和樂利。車站裡的行人步調都很悠閒，沒有絲毫匆忙，表面上看來十分和平。

走在車站裡，突然傳來一股甜味。車站正中央有間牛角麵包店，店門前大排長龍。齊藤抗拒著香味的誘惑，快步走向出口。

走出博多口一看是一座廣場，有許多計程車停駐候客。齊藤走到前頭的巴士站，搭上只要一百圓就能前往天神的環狀巴士。

Murder Inc. 福岡分部的事務所位於天神的出租商業大樓裡。雖然名為事務所，其實十分狹窄，只有電視、沙發和一張桌子，與其說是辦公室，更像是上班族的房間。齊藤一來到事務所，便有一名中年男子笑容滿面地出迎。

「你就是齊藤？」

齊藤打直腰桿回答：「對，我是從東京總部調來的齊藤，請多指教。」

「來得正好。來，要不要喝杯咖啡？」

福岡分部的上司看起來比以前的上司溫和許多。他說話很慢，帶著濃濃的博多腔，由於眼角下垂，給人總是面帶笑容的感覺；他的肚子微凸，和高中時代的棒球隊教練有點相像——口頭禪是「不到最後關頭，絕不輕言放棄」的那位教練。

明明是工作時間，他卻邊喝啤酒邊看電視。是棒球賽的實況轉播，日本大賽鯉魚對鷹的第四戰，比賽地點就是一小時前齊藤從新幹線車窗看見的那座球場。

上司一直沒有進入正題，只是目不轉睛地看著電視。

「抱歉，現在正精彩，你等等。」

無可奈何之下，齊藤只能跟著坐在沙發上觀戰。他已經很久沒看棒球比賽了。

現在是三局上半，鷹隊攻擊，兩出局滿壘，上場打擊的是多明尼加籍的第四棒。他是強棒，若是投出太好打的球，鐵定會被他輕輕鬆鬆打上觀眾席。捕手的手套擺在外角偏低的位置，應該是要求投手投外角滑球，不過，投手投出的球並未轉彎，幾乎是正中直球。打者就像是正等著這一球，黝黑的粗壯手臂用力一揮，狠狠打擊出去，是一記猛烈的平飛球。齊藤還以為球會穿越三壘手與游擊手之間，然而年輕的三壘手往旁邊飛撲，伸長了左手接球，並順勢做出護身動作，滾了一圈後輕盈地站起來。他高舉左手，向裁判示意他已經接殺這顆球。球確實在他的手套裡，這記美技救了球隊。

「呀！」上司抱著腦袋發出哀號，表情活像目睹世界末日。「哎呀，真是的！怎麼會這樣！」

雖然這次勉強壓制住打線，但那個投手的狀況顯然不佳，快點換上中繼投手才是上策。下次輪到投手打擊的時候，八成是代打上陣吧——齊藤如此暗想。

「讓你久等了。」待轉播進廣告後，上司總算切入正題。「這是你的新身分證。」

齊藤收下新駕照。名字是假名「伊藤卓也」，住址則是福岡市博多區。是偽造的駕照。

「你才剛來就要你上工，說起來有點不好意思。能不能替我殺了這個人？明天晚上九點之前完成。」

說著，上司將資料遞給齊藤。齊藤瀏覽一遍，目標的名字是村瀨淳，似乎是大學生的樣子。

「委託人是公寓的鄰居和房東，說這個人總在三更半夜大吵大鬧，希望我們殺了他，就是所謂的鄰居糾紛啦。我向房東借了備用鑰匙，有需要就拿去用唄。」

「哦……」

「最近這類委託很多，對象不限於人類，還有嫌隔壁的狗太吵，希望我們把狗給宰了。我們又不是收容所。」

在上司談笑之際，比賽的轉播重新開始。三局下半，側投的左投手開始練投。

齊藤說聲「失陪了」離開事務所。上司只顧著看比賽，並未回應。

富裕的家庭往往從外觀便一目了然。兩層樓的獨棟住宅，車子有三輛，想必是父親的嗜好吧。而母親的嗜好則是園藝，環繞著偌大房屋的庭園修葺得整齊美觀。門牌上寫著「山崎」。山崎家共有三口，分別是父母與就讀高中的獨生子。

次郎將迷你廂型車停在山崎家前，戴上手套才按下門鈴。他身旁是個背著書包的小女孩，不住四下張望。她叫美紗紀，手上戴著毛線手套。

次郎的妻子早逝，由他一個大男人獨力撫養即將上小學一年級的女兒美紗紀。他從事土木業，必須全國各地四處跑，所以時常搬家。今天正帶著點心分送鄰居致意——這是這次的設定。

「美紗，沒問題吧？照著我們講好的去做喔。」

次郎叮嚀，美紗紀不耐煩地點頭。「是、是，知道了。」

過了片刻，一名身穿制服的少年從屋裡走出來。他面貌俊朗、身材高挑，生了一副受女孩歡迎的樣貌。他應該就是這戶人家的獨生子山崎翔太。

「請問哪裡找？」

「敝姓田中，剛搬到附近，來打聲招呼……你是這家的孩子吧？請問你爸媽在家嗎？」

「啊，呃，我爸媽去旅行了，明天才會回來，很抱歉。」

「這樣啊，傷腦筋。」次郎露出遺憾的表情，摸了摸保養有加的山羊鬍。事實上他早就調查過了，知道現在父母不在家。「既然這樣，這是我的一點小心意，請代我向你的爸媽問好。」

說著，次郎遞出點心禮盒。是十五入的「博多通饅頭」。

翔太離開屋子，走向次郎他們，打算收下禮物。就在這時候——

「哇！好大的房子嘔！」

美紗紀大叫。她擅自打開柵門，穿過翔太身旁，侵入屋裡。

「啊，喂！等等！」次郎叫道，但是美紗紀並未停下腳步。「對不起，山崎先生，打擾了！」

「咦？等等——」

次郎也不顧翔太的制止，走進屋裡。

美紗紀早已熟記山崎家的格局，宛若在自己家裡走動，一路走向浴室。次郎也尾隨在後，翔太則是慌慌張張地追趕他們。

「啊，是貓咪！」打開浴室門的美紗紀興奮地叫道：「爸比，有貓咪！」

浴室裡有隻黑貓，不太也不小，似乎是野貓，身體有點骯髒。牠的身旁排放著刀子、鐵鎚等危險的工具。

翔太臉色發青，表情像是見不得人的祕密曝光了。

「欸，大哥哥，你想對這隻貓咪做什麼？」

面對美紗紀的問題，翔太手足無措。

「大哥哥，你是不是想殺掉這隻貓咪啊？」

翔太啞然無語。

「山崎翔太同學。」次郎的口吻有了一百八十度大轉變。「你在學校很受歡迎，對吧？是個運動健將，成績優異，朋友也很多，爸媽都是社會菁英，還住在這麼氣派的房子裡。這樣的你居然在背地裡幹這種事，應該沒有人想得到吧？」

「你、你們到底想幹嘛？」

翔太的聲音在發抖。

「復仇專家──你聽過嗎？哎，應該沒聽過吧，畢竟那是和你這種普通高中生無緣的世界。」

「虐殺動物的高中生不能叫做普通高中生吧？」

美紗紀說道。她的口吻和剛才截然不同，變得相當成熟。

翔太皺起眉頭。「復仇專家？」

「復仇專家如同其名，專門代替別人復仇。假設有個人的情人被殺了，那個人付錢給我們，委託我們復仇，我們就會找出凶手，用完全一樣的方法殺死他。聽過《漢摩拉比法典》嗎？你是高中生，上世界史的時候應該學過吧？以眼還眼、以牙還牙，就是這個道理。」

「我看過大哥哥的網站，放了一堆虐待動物的照片和影片。」美紗紀帶著笑容唾罵：「爛透了。」

「你殺的第八隻貓不是野貓，而是一戶姓三浦的有錢人家捧在掌心呵護的純種貓，有血統證明書的，只是趁著窗戶沒關時偷偷溜出去，卻被你抓去殺掉了。三浦太太非常生氣，說要讓兇手嘗嘗同樣的滋味，委託我們向你報仇。」

翔太終於明白是怎麼一回事，臉色大變。

「以眼還眼。」美紗紀瞪大雙眼，接著咧嘴露出白皙的牙齒：「以牙還牙。」

「欸，次郎。」打昏翔太後，美紗紀問道：「美紗的演技怎麼樣？」

次郎回以笑容。「太完美了，美紗，簡直可以得奧斯卡最佳女主角獎。」

「不會很假嗎？小學生講話有這麼白痴嗎？」

「演戲就是要有點假才能夠打動對方。」

「哦～」說著，美紗紀從書包裡拿出繩子。

美紗紀綁住翔太的手腳，次郎將他扛在肩上，再三確認沒人看見後，才把翔太塞進迷你廂型車的後座。

好，大功告成──就在次郎如此暗想時，美紗紀抱著貓，用可愛的動作歪了歪頭說：「欸，次郎，這隻貓要怎麼辦？」

是那隻原本會成為翔太手下犧牲品卻幸運逃過一劫的黑貓，八成是他從哪裡撿來的，或是去收容所領養的。

「把牠放走吧。」次郎提議。

然而，美紗紀說了句令人大傷腦筋的話：「我想養牠。」

「啊？」

「不可以養在家裡嗎？我會照顧牠的。」

美紗紀用雙手緊緊抱著貓。這一點倒是很像小孩——次郎不禁如此暗想。

次郎啼笑皆非地搖頭。「當然不行啊，我們住的公寓禁止養寵物。」

「不然可以養在你的酒吧裡啊。」

「不～行。」

美紗紀癟起嘴，喃喃說道：「……你都肯收留我了。」

這句話犯規。

「哎呦，真是的！好啦！」次郎大嘆一口氣，是他輸了。「不過，買貓飼料的錢要從妳的酬勞裡扣掉喔！」

美紗紀的表情倏然亮起來。「嗯，我最喜歡次郎了！」

黑貓宛若聽懂他們的對話，發出可愛的叫聲，喉嚨呼嚕呼嚕地響，似乎很開心。次郎聳了聳肩心想，這些小傢伙就是擅長激發人妖的母性本能。

「相對地，妳要好好工作。」次郎坐進車裡，對美紗紀說：「今天很忙。」

「當然。」美紗紀的心情非常好。「下一個是誰？」

「這個男人。」次郎拿出資料，遞給副駕駛座上的美紗紀。「名字叫做村瀨純，是個大學生。」

「這個人做了什麼？」

「施暴殺人。他和朋友抱著好玩的心態打死一個外國人。」

「哇，爛透了。」美紗紀皺起眉頭。「這種爛人最好全部死掉。別說這個了，要給這隻貓咪取什麼名字？」

美紗紀開心地笑著，親吻黑貓的鼻子。

馬場長年來往的情報販子叫榎田。由於他的頭長得像榎茸（註4），所以才被稱為榎

◉註4：日文的金針菇。

田，至於他的本名是什麼，馬場並不清楚。

榎田居無定所，平常都是待在福岡市內的網咖，今天則來到中洲蓋茲大樓五樓某家較為新潮漂亮的店，窩在附有躺椅的隔間裡。馬場費了好一番功夫才找到他。馬場來訪時，榎田正在入侵福岡縣警的資料庫。

「歡迎，馬場大哥。」

榎田拿下戴在腦後的全罩式耳機，回過頭來。

榎田總是打扮得十分花俏，頭髮染成無限趨近於白色的金色，長長的瀏海遮住半張臉，留著完美的蘑菇頭，教人分不清前後的差別。不光是頭髮，他的衣服也很花俏。今天他身穿寫著潦草英文字的長袖T恤，外頭罩了件螢光黃色的連帽外套，下半身是紅色緊身褲，鞋子則是格紋膠底鞋，排放在隔間入口。他現在穿著店裡提供的黑色拖鞋。

「我打了電話，可你沒接。」

「抱歉、抱歉，我關機了。今天有什麼事？」

確認四下無人後，馬場說出來意。

「我有事要請你幫忙調查。」

他將照片遞給榎田。

「這不是市長嗎？」榎田歪了歪嘴。「馬場大哥，你又在自找麻煩啦？」

「某個和我一樣自找麻煩的男人已經吊死了。」

「哇，真的假的？那不是很危險嗎？」榎田的口吻顯得樂不可支。

「我要請你調查的是這個女人。」馬場指著市長身旁的女人。「我猜她是市長僱用的殺手。」

「哦？市長僱用的殺手？那不太可能是自由殺手，因為風險太高了，說不定會用祕密勒索。這麼一來，只可能是口風很緊的業者，或是從別處挖角後簽了專屬契約。我查查看。」

榎田開始敲鍵盤，十根手指宛若在彈奏高難度的鋼琴曲般忙碌地舞動。

「辦得到麼？」

「有什麼事是我辦不到的？」榎田嗤之以鼻。「就算要把福岡市內的所有號誌都變成紅燈，也是小事一樁。」

這不是大話，而是事實。從前，他曾將國道三號的號誌持續變紅十分鐘。一個男人一時的心血來潮，造成了長達五公里的塞車。

幾分鐘後，電腦畫面上顯現女人的資訊。

「啊，查到了。這個女人五年前似乎是 Murder Inc. 的殺手。」

「已經查到了？」速度之快，令馬場不禁瞠目結舌。這個男人的技術總是讓馬場大吃一驚。「真厲害。」

「之前不是發生過遠端控制病毒的事件嗎？我就是使用同一類病毒讓對方主動公開資訊，是很簡單的駭客技巧。」

「嗯，我完全聽不懂。」

並不是榎田的說明技巧太差，而是馬場對於機械不在行。在這個智慧型手機逐漸普及的年代，馬場卻連幾年前買的折疊式機種的操作方式都還不太熟悉，榎田的話對他而言，自然像外文一樣難懂。

「換句話說，就像是讓對方的電腦喝下自白劑，主動透露資訊。Murder Inc. 對於入侵內部的防範很嚴，對於出了公司外的東西卻很草率。已經沒有用處的資訊，他們向來都是隨便處理，所以要弄到離職或死亡員工的資訊很容易。打個比方，就像是一個小心謹慎的人，在自己家裡安裝了保全系統，還在庭院裡養了條杜賓狗，但是晚上卻把裝滿個人資訊的家庭垃圾隨隨便便地放在家門前一樣。」

「原來如此。」

「照片上的女人名叫淺倉麗子，八成是假名吧。」榎田念出畫面上的文字。「專長是毒殺，嗜好是美甲，六年前被挖角進了公司。她本來是中洲的酒店小姐，也是個自由殺手。我猜她的手法是接近高官權貴，在酒裡下毒，慢慢地毒死對方，讓外界以為是病死的。好恐怖的女人。」

「後來她辭職了，五年前開始在市長手下工作？」

「大概是被挖角的。女殺手很好用，對外宣稱是祕書就好。」

或許還有其他從 Murder Inc. 挖角而來的殺手也說不定。

「對了，Murder Inc. 的離職員工裡，有擅長勒殺的人麼？」

「勒殺……啊，有有有，有一個。」榎田念出個人檔案。「久志・伊萬諾夫，俄羅斯和日本的混血兒，身高兩百零三公分，體重一百一十公斤，專長是絞殺、勒殺，精通唇語，興趣是鍛鍊身體。」

這個男人很可能就是殺害重松的刑警前輩的凶手。

「謝啦，榎田老弟。多虧你，我知道了許多事。」

馬場將酬勞遞給榎田，轉身要離去時，榎田叫住他。

「你要去哪裡？」

照片上的女人身分已經查明了，接下來就是和市長說話的光頭男人。

「我去餵一下鴿子。」

「啊，馬場大哥，等等。」榎田遞了某樣東西給他。「這個給你。」

「這是啥？」

那是個不滿一公分的黑色物體，有八隻腳，形狀是隻小蜘蛛，但是動也不動。

「紅背蜘蛛型竊聽器。」

「紅背蜘蛛？」

「就是從前在福岡各地發現的毒蜘蛛啊，背上有紅色圖案的那種。」

「哦，經你這麼一說，是有這種玩意兒。」

「看起來不像竊聽器吧？而且內建ＧＰＳ功能。就像蜘蛛結網一樣，可以從各個地方收集情報，是我的得意傑作。」

「你又在做這些怪東西。」

「一定可以派上用場的。」

馬場心懷感激地收下。「……話說回來，為啥紅背蜘蛛的背部是紅的？」

「嗯？」

馬場突然萌生這個疑問：

「如果和普通的黑蜘蛛一樣，根本分辨不出來。但牠這樣不就等於在昭告天下『我是毒蜘蛛，很危險』麼？」

正因為背部是紅色的，才會被人類發現，予以驅除。

「……的確。」聽了馬場一番話，榎田也沉吟道：「為什麼？」

「自然界明明多的是為了躲避敵人而保持低調的生物。」

「或許這些紅背蜘蛛大爺們認為自己天下無敵吧。」

「是麼？」馬場思索片刻後，喃喃說道：「……或許理由更加單純唄。」

三局上

再也沒有任何事比來到這裡更令人鬱悶——仰望著與福岡鐵塔並排矗立的三十五層高級大廈，麗子大嘆一口氣。

麗子在美輪美奐的入口大廳前下了計程車，穿過電子鎖大門。大廳裡有四台電梯，她搭上高樓層專用的電梯，朝最上層前進。

走出電梯馬上能看到一扇門，那個男人就住在這一戶。麗子並未按門鈴，而是用向宗方借來的備份鑰匙直接打開門。玄關的鞋櫃上擺著棒球選手的簽名球，聽說是住在同一層樓的選手贈送的。麗子一面脫鞋，一面高聲說道：「我進去囉！」然而屋內並沒有回應。

麗子立即走向客廳。客廳裡有個男人，頭髮染成黑褐雙色，穿著寬鬆的灰色運動衫，衣服上血跡斑斑。這個男人就是原田市長的獨生子原田祐介。

祐介坐在高級的黑色皮沙發上，手拿著零食，正在看電視。電視大得活像電影院的螢幕，十之八九是用父親的錢買來的。不光是電視，他的所有一切都是用父親的金錢和權力換來的。這個腦筋和品行都差勁透頂的男人，之所以能夠就讀福岡最好的國立大學，連份打工都沒有就獨自住在這種職棒選手居住的高級大廈，無論殺死多少人都沒被問罪，還能繼續悠然生活，全都是託父親之福。人生真是不公平——麗子心有戚戚焉地暗想。

「那個女孩在哪裡？」

麗子詢問，祐介依然盯著電視回答：「床上。」

麗子依言前往寢室。這裡的格局是四房兩廳，但真正用到的只有客廳和寢室，實在太浪費了。

打開寢室的門，麗子有種不忍卒睹的感覺。一個年輕女人死在床上，身上一絲不掛，手臂被繩子綁住，雙腳大開，模樣十分淒慘。

那個男人到底把女人當成什麼？麗子啐了一聲。她立刻回到客廳勸諫祐介：「法律規定不可以殺人，你知道嗎？」

「這個笑話還不賴。」祐介喀滋喀茲地嚼著零食。一如平時，他根本沒有認真聆聽的念頭。

「那個女孩是誰？」

「不認識～在路邊看到的。」

「你為什麼殺死她？」

「因為她一直尖叫，很吵。」

「去找願意和你上床的女人不就好了？花錢找做這一行的啊。」

「我討厭老手。鰻魚不也是天然的比養殖的好吃嗎？」祐介舉了個莫名其妙的例子。「再說，特種營業的女人感覺上都是腦袋空空，下身鬆鬆。」

腦袋空空，下身鬆鬆的人是你吧——麗子瞪著祐介。

同為女人，這個男人的言行舉止總是令她憤怒，只要一看見他那張臉就想吐。麗子甚至想過乾脆殺死他算了。

「以後別再做這種事，很麻煩。」

「辦不到。」他一口拒絕：「我就是忍不住嘛，有時候會突然很想殺女人。」

「聽好了，就算退一百步來講，殺死人就算了。」其實不能算了。「你可別像上次那樣，隨隨便便扔在路邊啊。」

前些日子，祐介犯了另外兩起同樣的案子，當時他把屍體擱在野外，被媒體發現並報導出來，趁著事情尚未曝光前請業者處理掉屍體的計畫因此泡湯，他們費了好一番功夫才湮滅祐介留下的證據。最後，這些案子成為懸案。

祐介像個幼稚園童般精神奕奕地回答：「是～」

他真的明白嗎？麗子信不過他。

打從剛才開始，客廳裡的大型電視便持續播放著猶如外行人所拍攝、嚴重手震的影片。

「你在看什麼？B級電影？」

「之前和社團朋友去喝酒後一起玩國王遊戲。妳知道規則嗎？國王遊戲，我是國王，對大家下命令。」

有這種國王遊戲還得了？麗子皺起眉頭。

「所以我就命令他們去打附近的外國人，這是那時候拍下的影片，很好玩吧？」

一點都不好玩，這個男人的腦子到底異常到什麼地步？

「我最喜歡看別人痛苦的樣子～看到身邊的人痛苦，才能突顯出我活得多麼愜意，對吧？」

這是事實，這個男人確實活得比普通人愜意許多——託他父親的福。

電視裡，三個男大學生正在踹一個男人，還用疑似鐵棒的物體毆打他。拍攝這一幕的似乎就是祐介本人，他那獨有的噁心「嘻嘻嘻嘻」笑聲從電視裡傳來。真是低俗的影片。

面對看著影片嘻嘻笑的祐介，麗子傻眼地嘆一口氣。

「把這時候和你在一起的朋友的名字全都告訴我，一個也別漏掉。」

「好啊，問這個幹嘛？」

麗子煩躁地回答：「做掉他們。」

三局下

離開蓋茲大樓後，馬場在河邊漫步。時間還不到晚上八點，路上行人不多。行經中洲的色情業導覽所，在前方的轉角轉彎時，他和一個男人撞個滿懷。對方是個留著刺蝟頭的牛郎樣貌男子。

「啊，對不起。」

牛郎輕輕低頭致歉，打算離開。馬場立即抓住他的手臂。

「你的本領是不是變差啦？大和老弟。」

馬場說道，男人睜大眼睛。「啊，是馬場大哥。」

馬場認識這個男人。大和是他的花名，他在中洲中央路一間名叫「Adams」的牛郎店工作。不過，牛郎是他的副業，他的本行是扒手。

「皮夾可以還我麼？」

馬場伸出右手，大和面露苦笑說：「穿幫啦？」

不知幾時間，馬場放在牛仔褲袋裡的皮夾跑到大和手中。大和嘻皮笑臉地把剛扒來的皮夾還給馬場。

「哎呀，果然敵不過馬場大哥。」

「再怎麼捧我也不會給你錢。」

「別說這個了，馬場大哥。」大和收起笑容。「這張照片是怎麼回事？」

大和揚了揚重松交給馬場的市長照片問道。馬場完全沒發現連照片都被扒走了。剛才的話必須收回，大和的本領並未變差。

「這個服務生……」大和感興趣的並非市長，而是背後的黑衣男人。「被殺掉了。」

「被殺掉了？」馬場是初次聽聞這件事。重松並未提及這個服務生。

「對，和他的女友一起死在家裡，渾身是血。屋子裡有翻箱倒櫃的痕跡，好像是小偷犯的案，不過大家都在謠傳他其實是被殺手做掉的。」

「殺手？」被殺手所殺，代表他八成幹了什麼好事。「為啥？」

「這個男人從店裡捲款潛逃，還跟朋友吹噓他發財了。聽說他工作的酒店是一間名叫 Miroir 的高級俱樂部，由某個可怕的組織經營。」

「哪個可怕的組織？」

「不曉得。詳情我也不清楚。」

「那間叫 Miroir 的酒店開在哪裡？」

「光輝中洲大樓你知道吧？中洲租金最高的大樓。那間酒店就是開在這棟大樓的三樓最底端。這個包廂應該是酒店的VIP室。」

這個情報相當有益。馬場道過謝以後，從皮夾裡抽出幾張萬圓大鈔遞給大和。

接著，馬場立刻前往光輝中洲大樓。不愧是位於高級商業大樓裡的酒店，Club. Miroir 相當氣派，裝潢以黑色為基礎色調，設計得十分高雅；天花板上懸著大大的水晶燈，中央有架鋼琴，大概還有現場演奏可供欣賞。店內正如其名，整面牆壁都是鏡子，光是坐著可能就要價好幾萬圓。

距離開店時間還有十分鐘，店裡有四、五個身穿黑西裝的男子正在進行開店準備。看見不顧仍在準備中便突然闖進店裡的馬場，服務生們一臉訝異地瞪著他。

「請問有什麼事嗎？」一個年約三十五、六歲的黑西裝男子走向馬場。從他派頭十足的模樣判斷，八成是這間店的經理。

馬場遞出名片。「不好意思，我是從事這一行的。」

名片上印有「馬場偵探事務所代表　馬場善治」，同時記載了事務所的地址。

「……偵探？」經理顯得更加狐疑。

「對，不好意思，在您忙碌的時候來打擾，我有些問題想請教。以前市長來過這間店，對吧？當時和他在一起的是什麼人？」

經理立即回答：「這個嘛，我不記得了。」

「市長來過，您卻不記得？」

聞言，經理露出冷笑。「我們這間店小有名氣，就連演員、搞笑藝人和職棒選手都會上門光顧。市長和什麼人一起來過店裡，我怎麼可能記得？」

「這樣啊。」十之八九是在說謊——馬場如此暗想。「……對了，這間店的客人是以男性居多嗎？」

「當然，女性客人少之又少。」

少之又少的女性客人上門，照理說應該會有印象吧？

「您真的不記得市長來過？」

經理動怒了，他的表情活像在說這個男人有夠煩。

「對，我不記得。」

「是嗎？」

「我還要準備開店，失陪了。」

馬場被半趕半請地送出店門。雖然沒有得到有用的情報，但是撒下這個餌已經足夠。

好，去吃碗拉麵再回家吧！馬場走向他常去的路邊攤。

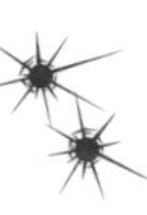

——我真的下得了手殺人嗎？

齊藤感到不安。他望著熱愛棒球的上司交給自己的資料，在腦中進行演練。目標是大學生村瀨，期限是明天晚上九點。與其像隻無頭蒼蠅四處尋找，埋伏等候目標回家後再下手，應該是最為確實的方法——齊藤如此判斷，前往村瀨的公寓。

齊藤順路去了趟二十四小時營業的超市，買了副橡膠手套。他擔心光買橡膠手套會引人懷疑：「這個人買橡膠手套，該不會是要去殺人吧？」所以又買了瓶廁所清潔劑；可是買了以後，他又擔心會不會被人懷疑：「這個人買廁所清潔劑，該不會是要用氯系毒物殺人吧？」齊藤知道這是被害妄想，但他就是無法克制。不安越發加劇。

當他把商品塞入購物袋之際，與頭部齊高的布告欄映入眼簾。布告欄上貼著各種海報，有幼稚園運動會的通知單、走失愛犬的照片，甚至還有運動隊伍的招募傳單。其中格外吸引齊藤注意的，是社會人士組成的業餘棒球隊海報。海報上印著搞笑的隊名和「現正招募隊員！歡迎初學者！急徵投手與游擊手！」等文字，接著是代表人的聯絡方式。沒有投手和游擊手的棒球隊，不就像是沒有主唱和吉他手的樂團嗎？他們是怎麼比賽的？齊藤忍不住笑出來，沉重的氣氛似乎稍微緩和。

走出超市，齊藤前往目標的住處。那是兩層樓高的便宜公寓。齊藤鼓起勇氣按下門鈴。如果有人應門，他打算偽裝成傳教人士，但是沒有回應，似乎無人在家。今天是假日，或許是出門了吧？

齊藤靠著事先借來的備份鑰匙入侵屋內。以一個獨居年輕男子的住處而言，屋內可說是相當整齊。

齊藤決定趁著目標剛回家、鬆懈戒心之際從背後偷襲，用公司製作的催眠瓦斯迷昏對方。而在目標回家前，齊藤決定暫時躲在浴室的浴缸裡。當他踏入浴室時，竟被鏡中的自己嚇一跳。搞什麼，原來是自己啊？別嚇人嘛！他面露苦笑。鏡中的自己臉色發青，一副大限將至的樣子。這樣根本不知道誰才是會被殺掉的一方。

齊藤縮在空浴缸裡，思考今後的事。自己真的下得了手殺人嗎？可是，他必須下手，若是再次失敗，一定會被公司殺掉。不，等等，事關自己的性命，就可以殺害無辜的人嗎？直到此時，齊藤才萌生罪惡感，決心幾乎跟著動搖。他連忙搖了搖頭。不行、不行，不能老是這副德行，得好好振作才行。

齊藤突然想起往事，那起頭部觸身球事件。當時，他也抱著罪惡感，覺得自己闖下滔天大禍。不過仔細想想，錯的真的只有自己嗎？聽說敵隊的投手素行不良，既抽菸又喝酒。那是他自作自受，是老天爺在懲罰他。因為他平時行止不端，才會遇上那種事，我沒錯，我沒有錯——後來，齊藤開始這麼想，或者該說逼自己這麼想。

待會兒要殺的男人不也一樣？製造噪音，造成鄰居困擾，所以才會被殺，是他自作自受——齊藤如此告訴自己。「我沒有錯。」不知不覺間，齊藤的呼吸變得急促起來。

就在此時，電鈴突然響了，齊藤又嚇一跳。

——有人來了。

是誰？村瀨回來了嗎？不不不，冷靜下來。村瀨豈會按自家電鈴？

齊藤離開浴缸，躡手躡腳地走向玄關，透過窺視孔窺探門外，只見兩個人站在外頭。其中一個是肌肉發達的男人，穿著工地常見的工作服，另一個是將頭髮綁成兩束的小學生女孩。『沒人出來耶，是不是不在家啊？』『去車上等他回來吧。』『好啊。』他們如此討論著。

等他回來？不不不，這樣可就傷腦筋了。齊藤急得像熱鍋上的螞蟻。雖然不知道他們是誰，但要是他們進到屋裡來，該怎麼辦？要是被他們發現，該怎麼辦？

總之，必須在事情演變成這般情況前設法趕走他們。齊藤決定開門，他打算偽裝成村瀨本人或其朋友，打發他們離開。

齊藤調勻呼吸後打開門。「來了。」

「啊，請問是村瀨先生嗎？」男人詢問。

這個男人似乎不認識村瀨。

「對。」其實不是。「我就是。」

「敝姓田中，剛搬到樓下。這是一點小心意。」

說著，男人遞出點心禮盒。

怎麼，原來只是搬家來打招呼的啊！齊藤鬆一口氣，冷汗也消退了。「哦，真不好意思，謝謝。」

他拆下門鏈，打算接過點心禮盒。就在這一瞬間，男人的手伸過來。

「嗚，呃！」齊藤的胸口被揪住，呼吸困難。

門大大地敞開，男人走進屋裡，給了齊藤的要害一拳。從前在公司研習時，曾學過由於神經集中在腎臟，毆打這個部位可以收到絕佳效果。原來如此，一點也沒錯。齊藤的腦袋開始發暈，腳步也變得踉踉蹌蹌。

齊藤倒向玄關。小女孩也迅速地入侵屋內，用繩子將齊藤五花大綁。她的動作相當俐落，齊藤想抵抗，身體卻使不上力。

這些人究竟是什麼來頭？殺手同行嗎？就算這個身穿工作服的男人是殺手，那他身邊的小女孩呢？看她的模樣大約只有小學低年級，這麼小的孩子不可能是殺手。

不可能是殺手？真的嗎？這麼一提，齊藤想起來了。他曾聽說有華裔黑道在經營人蛇集團，靠著買賣人口賺大錢。這些黑道去亞洲的貧窮地區收購年幼的孩童，教導他們殺人技術，將他們培育成殺手或少年兵之後，轉賣給全球各地的恐怖組織或黑道。換句話說，就等於拋棄式兵器。在這個世界，未成年的殺手多的是；Murder Inc. 東京總部的同事中，也有當過少年兵的越南人，就是他輕輕鬆鬆地射殺了齊藤沒能成功暗殺的議員。

這個社會變得好危險——齊藤望著從書包中拿出膠帶貼住他的嘴的小女孩，如此暗想。日本充滿犯罪，每個地方都很危險，不過大多數人都不明白這一點，以為世界是和平的。大家都被灌輸了這樣的想法，這件事正是最危險的。

「別開玩笑了！這個數目是怎麼回事！」

林氣得跳腳。他怒火中燒，恨不得立刻殺死眼前的男人。

另一方面，眼前的男人卻是泰然自若。男人的身材微胖，穿著俗氣的紫色西裝，理了一顆大光頭。他有一張圓滾滾的臉，鼻子和豬一樣大。此人就是林的雇主，同時是華九會的幹部——張。

打從剛才起，這間位於春吉的事務所裡便迴盪著林的怒吼聲。林甩亂了頭髮，一腳跨上桌子打算揪住張，卻被兩旁的小弟制止並拉開。

林張大了鼻孔，拍打張的桌子。

「這是怎麼一回事！」

他正為了酬勞問題與張爭執。殺那一男一女只收一百萬，這部分他能夠接受，問題在於接下來的部分。

「三千圓是什麼意思？車馬費嗎？這年頭就算是小學生的零用錢都有三千圓的兩倍多吧！」

「這是正當的數目。」張滿不在乎、大模大樣地坐在黑色皮椅上，抽著古巴產的高級雪茄。他這副模樣使得林的怒火又冒上來。

「殺刑警的酬勞是三千圓，太扯了吧！」

「殺刑警？你沒殺啊。」

「可是目標死了。」

「那不是你的功勞。又不是你下的手。」

「那我問你。」林現在不是做女人打扮，而是穿著西裝。造訪事務所時必須身穿西裝，這是規定。他先回家一趟，沖了澡、卸下妝之後才過來。「假設我打算殺掉某個男人，出手攻擊他，而那個男人本來就有病在身，受到攻擊以後，嚇得心臟病發作，一命嗚呼。這樣不算是我的功勞嗎？雖然我沒有直接下手，但那男人是因我而死的。」

「刑警是吊死的，與你無關。」

「或許他是怕我追殺才自殺的啊！」

「真是個自戀的小鬼。」張聳了聳肩。「你真的以為他是自殺？」

林皺起眉頭：「……什麼？」

「那個刑警是被做掉的。」

怎麼可能？警方說是自殺，連媒體也是這麼報導。「少騙人了。」

「我沒騙你，他是被做掉的，勒殺之後再用繩子吊起來。只要付錢，要警方怎麼處理都行。」

「什麼意思？」

換句話說，有人搶先一步？是誰？

「連這種事都沒察覺，所以才說你外行。」

這句話可不能聽過就算了。「囉唆，我才不是業餘殺手。」

「嗯，是啊，你比業餘殺手還不如。」張緩緩地吐出白煙，嗤之以鼻。「只是個玩殺手遊戲的小鬼而已。」

林對張怒目相視。現在的他可沒有把挑釁當成耳邊風的餘裕。

「王八蛋，小心我宰了你。」

「注意你的口氣。要是你再這樣沒大沒小，我就叫『仁和加武士』殺了你。」

「仁和加武士」是這個業界有名的都市傳說，據說是專殺殺手的殺手，但是從來沒有人看過他。

「仁和加武士根本不存在。」

林的口氣像是嘲笑相信聖誕老人的小孩。這種威脅對他不管用。

「好了，下一個工作。」張宛若扔飛盤給狗似地將一張名片丟給林。「是個私家偵探，今天在我們店裡問一些有的沒的。不知道他嗅到什麼，太礙眼了。」

名片上印著「馬場偵探事務所代表　馬場善治」，還記載了地址。

「明天去把這小子殺了。」

「啊？」

林斷然拒絕：「不要。」

「在你付錢給我之前，我是不會工作的。」

說完，林便離開事務所。他把偵探的名片收進票卡夾，放入懷裡的口袋。

林打算搭乘地下鐵回家，便從春吉步行到中洲，卻在一條行人稀少的巷子裡與一個男人撞個滿懷。那是個牛郎樣貌的男人。「啊，對不起～」他用拉長的聲音道了歉。

林的心情原本就不好，男人這種輕浮的說話方式更是令他心生厭惡，便揍了男人的肚子一拳。這麼做純粹是遷怒。

男人倒在地上。

「好、好痛，你幹什麼！我都道歉了，為什麼打我！」

男人大叫，林揪住他的胸口，低聲威嚇：「我要殺你簡直輕而易舉。」

林拿出武器，用刀尖對著男人的額頭。男人臉色發青地逃之夭夭，嘴上還嚷嚷著：「我會報仇的，給我記住！」活像一條打架輸了的狗，只敢遠遠地狂吠。林覺得心情舒爽了些。

林的家位於東區。他從中洲川端搭乘地下鐵，在貝塚轉車，並在西鐵香椎站下車，步行約五分鐘後，抵達位於JR香椎站後方的兩層樓芥末黃色公寓。這是華九會提供的住處，三點五坪的套房，附設廚房，租金大約是兩到三萬圓。房內相當簡樸，只有鐵床、電視和原本就有的衣櫃。

脫下西裝後，林發現皮夾不見了。他明明放在褲袋裡，如今卻消失無蹤。電車車資是用儲值卡付的，所以直到現在他才發現皮夾不見了。是掉在什麼地方嗎？林回顧今天一天的行動。他並未做過任何可能弄丟皮夾的事。該不會是被偷了吧？什麼時候？被誰偷的？這麼一提，剛才有個男人撞到自己，莫非是那個牛郎扒走的？雖然皮夾裡沒裝什麼重要東西，但是林依舊氣憤難當。早知道就多揍他幾拳——林帶著些許後悔，在床上躺下來。

總之，先睡吧，今天格外疲累。眼皮很沉重。這次不是因為假睫毛，而是睡意造成的。

四局上

那天晚上，福岡市長原田正太郎住在天神的某家高級飯店的套房裡。明天中午，他將在這家飯店的大廳舉辦演講，因此前一天便先行入住飯店。

宗方來到市長的房間做定期報告。房裡有好幾個保鑣待命，紫乃原也是其中之一。市長似乎剛洗完澡，穿著浴袍。或許是連日來的競選活動所致，他看起來有些疲憊。不愧是當過明星的人，年過五十依然英俊瀟灑，但是這幾天似乎一口氣衰老許多。

屏退左右之後，宗方開始報告，包括在市長周圍探頭探腦的刑警已經收拾妥當，以及市長兒子祐介殺了個女人之事。得知兒子的惡行，市長的表情變得更加疲憊。「那個不肖子到底要給我添多少麻煩？」

「乾脆把令郎殺了吧？」市長身旁的紫乃原笑道：「這樣一勞永逸啊。」

宗方立刻賞了他的後腦一巴掌。「別胡說。」

「那小子的病就算殺了也醫不好。」市長笑道。他應該是在開玩笑，但是聽在宗方耳裡，完全不像玩笑。「不過，確實得想個辦法。拜託你了。」

換句話說，無論如何都不能讓市長兒子的惡行曝光；非但如此，市長還要宗方他們設法解決。宗方早已習慣接燙手山芋了。

「了解。」

宗方低頭行禮，和紫乃原一同退出房間。

麗子在飯店大廳裡等候，差不多是市長護衛換班的時間。宗方對她說道：「辛苦了，辦得如何？」

「女人的屍體我處理掉了。」麗子臉色黯淡。「不過還有別的問題。」

「什麼事？」

「那小子和大學的社團朋友鬧著玩，打死一個男人。男人的屍體我也一併處理掉了。」

宗方感到十分頭疼。「一而再、再而三……那個小鬼到底是怎麼搞的？」

「當時和他在一起的學生身分我已經查出來。」麗子遞出一張紙，上頭寫著三個男人的名字及住址。村瀨淳、吉田將樹與山城達也，由於就讀同一所大學，三個人住得很近，似乎都是住在大學附近。

紫乃原插嘴說道：「是祐介學長的社團朋友嗎？那現在應該在學校吧。」

「學校？今天不是放假嗎？」

「他們八成待在社辦裡。祐介學長不是加入軟式棒球社嗎？哎，其實只是個飲酒社就是了。聽說他們每天都在社辦飲酒作樂，連課都不去上。」

「大學生過得真爽啊。」

「市長也在發牢騷，說連拿個學分都得花錢。」

宗方點了點頭。「剩下的就交給我吧，麗子，老闆拜託妳。」

和麗子道別後，宗方走向飯店的地下停車場。車子停在停車場裡，伊萬諾夫已經坐在後座上。宗方坐上駕駛座，紫乃原則是坐進副駕駛座。

「聽說那個變態兒子這次和朋友一起打死了人，所以我們現在要去抓他的朋友。」

宗方說明，伊萬諾夫喃喃說道：「我無法接受。」

「無法接受什麼？」

「我們是殺手，不是清道夫。」

伊萬諾夫一臉不滿地說道。他的心情宗方並不是不能理解，宗方自己也不想做這種工作。

「沒辦法，這也是我們的分內工作。」

「替小鬼擦屁股嗎？這種工作交給褓母去做就好了。」

「這是俄羅斯玩笑嗎？」

紫乃原調侃，但宗方也有同感。難道自己是為了做這種骯髒事而來到人世嗎？一思及此，就感到無比空虛。

「紫乃。」宗方對著副駕駛座說道：「你和祐介是讀同一所大學吧？好好看著他，別讓他為非作歹。」

「不行啦。他是文組的吧？我是理組，校區根本不一樣。」

「那你就轉去文組啊。」

「別強人所難行不行？」

宗方發動了車子的引擎。

在一行人離開飯店，行駛於國道三號之際——

「我早就想問了。」紫乃原突然開口。「宗方大哥，你的眼睛是怎麼搞的？」

他所說的，應該是指宗方用眼罩遮住的右眼。

「你這個人真的很多話。」宗方透過後照鏡瞥了後座一眼。伊萬諾夫目不轉睛地望著窗外。「學學伊萬諾夫吧。」

「有什麼關係？跟我說嘛。」

宗方並未刻意隱瞞右眼之事，他也對麗子和伊萬諾夫說過自己從前工作時不慎失手，因此失去右眼。然而，他不願對紫乃原提起這件事。對一個老氣橫秋的新人訴說自己的失敗經驗，實在不怎麼愉快。

宗方依然面向前方，反問紫乃原：「你聽過仁和加武士嗎？」

「仁和加武士？」紫乃原似乎沒聽過。

「在福岡的殺手業界，是個有名的都市傳說。」

宗方想起老同事所說的話。

聽說福岡有個殺手殺手——那是八年前，宗方還在黑道組織旗下當殺手的事。同為受僱殺手的同事像在說鬼故事一般，一本正經地說出這句話。

紫乃原詢問：「都市傳說？幽靈之類的嗎？」

「是殺手殺手。」

「殺手殺手？那是什麼東西？咒文嗎？」

「專殺殺手的殺手。」

當時，同事是這麼說的：『專殺殺手的殺手，名叫仁和加武士，聽說很厲害。你知道博多仁和加吧？那是一種博多的傳統藝術。他就是戴著那種面具，使用日本刀，所以才被稱為仁和加武士。據說沒有人看過他，因為看過的人全都被殺掉了。殺手殺手，真是太可怕。』

既然沒有人看過那個殺手，怎麼知道他戴著仁和加面具，而且使用日本刀？根本不合邏輯。當時，宗方聽了這個愚蠢的故事，忍不住笑出來。

「據說專殺殺手的殺手是為了正義而戰，如果殺手為非作歹，逾越了界線，就會被仁和加武士制裁。因為這個謠言，殺手業衰退了好一陣子。哎，不過很快又恢復了。」

「哦～」

雖然也有殺手懼怕仁和加武士而金盆洗手，但終究還是無法抑制犯罪。

「也有人說，仁和加武士傳說是因為殺手業過於興盛，警察在無計可施的情況下放出來的謠言。」

「搞什麼，原來是謠言啊？」

「不過……」宗方一本正經地說：「我看見了。」

「看見什麼？」

「仁和加武士。我親眼看見的。」

「咦？」紫乃原的聲音倏然僵硬起來。「真的假的？」

「我這隻眼睛就是被那個仁和加武士弄瞎的。」

在仁和加武士傳說是謠言的說法散播開來之際，上司命令宗方暗殺某個男人，目標是另一個組織的殺手。殺手殺手，活像仁和加武士啊——當時宗方是這麼想的。

那個殺手是個淫樂殺人魔，殺人不是為了錢，而是為了享受殺人的樂趣。他四處殺人，得罪許多組織，有時甚至連自己的委託人都殺，宗方設籍的組織也有好幾個重要組員遭他殺害。

宗方打聽到那個男人下次殺人的地點，預先埋伏等候。地點是春吉一條幾乎無人通行的小巷，宗方一如平時架設好狙擊槍，在低矮樓房的頂樓監視著巷子。

他透過瞄準鏡瞄準目標，看見目標殺手的身影。他正在殺人，用刀子狂捅對方，渾身是血卻滿面笑容。原來如此，確實是顆燙手山芋，應該立刻殺掉。就在宗方正要扣下扳機之時——

淫樂殺人魔的背後站著另一個男人。那個男人不知是幾時出現的，宗方完全沒有發現。隨即，一道慘叫聲傳來，殺人魔人頭落地，鮮血如噴泉般從切口猛烈噴出。男人立即拉開距離，以防鮮血濺到自己身上。

男人的手上握著日本刀。他轉動手腕數次，甩掉刀刃上的鮮血後，才還刀入鞘。

男人回過頭來，宗方吞了口口水。男人的上半張臉被面具遮住，那是張眉毛與雙眼下垂的滑稽橘色面具，正是博多仁和加的面具。

同事說過的話閃過腦海：『你知道博多仁和加吧？那是一種博多的傳統藝術。他就是戴著那種面具，使用日本刀，所以才被稱為仁和加武士。』

不會吧！莫非這個男人就是仁和加武士？仁和加武士真有其人？

該怎麼辦？宗方自問。要殺了他嗎？這個距離可以確實殺掉他，幸好對方並未察覺宗方的存在。宗方想殺他，殺了他揭開仁和加武士的真面目。這純粹是出於好奇心。就在宗方的手指勾住扳機時——

面具男轉向宗方，兩人的視線似乎隔著瞄準鏡相交。他在看我，他正看著我，他發現我了——宗方的直覺如此警告他，心臟猛然一震，額頭上冒出冷汗。

面具男動了。隨後，有個物體朝宗方一直線飛來。是腰刀。腰刀刀刃猛然刺入來福槍，瞄準鏡破裂，塑膠碎片和玻璃碎片插進宗方的眼睛，宗方感到一陣劇痛。

宗方以為自己會被殺掉，心想得快點逃走，單眼淌著血慌慌張張地跑下樓梯。

「——宗方大哥，綠燈了。」

背後傳來喇叭聲，宗方這才回過神來。不知幾時間，燈號已經變成綠色，他連忙踩下油門。不知是不是因為想起塵封已久的往事，舊傷又開始發疼，眼底有股微癢感——從那時以來便再也不能視物的右眼眼底。

「後來那個仁和加武士怎麼了？」紫乃原還在等故事的下文。

「騙你的啦。」宗方笑道：「這隻眼睛是因為雷射手術失敗而瞎掉的。」

「什麼跟什麼啊。」紫乃原大失所望。

「哪會有什麼仁和加武士？」

聽來像是在勉強說服自己一般的話聲，令宗方感到一陣困惑。

博多豚骨
拉麵團
HAKATA
TONKOTSU
RAMENS

四局下

不知道自己昏迷了多久？齊藤覺得格外地冷。四周靜謐無聲，由於被蒙住眼睛，連手錶都不能看，完全不知道現在幾點、身在何處。

有股潮水味，大概離大海很近吧。齊藤突然想起鷹隊的加油歌，記得開頭是「玄界灘的海風」。他不知道玄界灘位於何處、面積多大，或許這裡就是玄界灘。莫非待會兒他就會被填入水泥丟進大海？這股不安侵襲著他。

齊藤以視野一片漆黑的狀態下了車，被押著走路，兩人的腳步聲響徹四周。突然，鐵捲門升起的聲音傳來，那聲音比一般人家的車庫或店面的鐵捲門緩慢，而且大上三倍左右，似乎是用機械開關的。靠近大海，有巨大鐵捲門的建築物——這裡八成是碼頭的倉庫。

被帶進倉庫後，齊藤在一個疑似椅子的物體上坐下來。他的雙手依然被綁著，雙腳腳踝也被綁在椅腳上，無法動彈，若是胡亂掙扎，想必會連人帶椅倒下來。

之前在網路上看過的中東恐怖分子犯罪聲明影片閃過齊藤的腦海。在那段影片中，恐怖分子在外國人質頭上套著袋子，將他們綁在椅子上用槍指著，自己則是對著鏡頭發表長篇大論。簡單地彙整恐怖分子的說詞，就是「若不接受我們的主張，就要把人質一個一個殺掉」。那是段震撼全世界的影片，自己現在的模樣和當時的人質重疊在一起。接著，恐怖分子扣下扳機，射殺人質。槍聲響起，人質虛脫無力地往前垂下腦袋，之後便一動也不動，即使頭部被罩住，也看得出人已經死了。待會兒我也會那樣被殺嗎——齊藤想像著自己的末路，感到越發不安。

『這裡是刑場。』一道娘娘腔的聲音傳來，八成是剛才那個身穿工作服的男人。『就算你呼救也沒用。』

齊藤的蒙眼布終於被拿下來。此時的齊藤還不知道，事後他會寧願蒙眼布沒有被拿下來。

「怎麼這麼晚？次郎。」另一個男人的聲音響起。「我們不是約好一點碰面嗎？已經超過三個小時了。」

「抱歉，馬丁。剩下兩人我怎麼也找不到，只好先帶這個人過來。」

模糊的視野逐漸變得清晰。齊藤所在的場所是個空無一物的寬廣倉庫，眼前是那個叫次郎的人妖男，還有另一個穿著黑色皮夾克的壯漢。不知是曬黑的或是天生如此，壯漢的皮膚黝黑，擁有不似日本人的深邃五官，嘴巴周圍留著鬍渣，理了顆平頭，平頭上還剎了圖案，圓木般的粗壯雙臂上刺著花俏的刺青，次郎叫這個男人「馬丁」。這麼一提，剛才在一起的小女孩不見人影，似乎不在這裡。

「他叫做何塞·馬丁內斯，是個手段很高明的拷問師。先從那個小弟弟開始接受懲罰吧。」

次郎點名的並非齊藤。離齊藤三、四公尺處有另一個男人，穿著立領學生服，似乎是高中生。他和齊藤一樣，嘴巴貼著膠帶，被綁在椅子上。

「己所不欲勿施於人，這個道理學校老師沒教過你嗎？要當個有同理心的人。」

次郎對著高中生平靜地說道。

「先揍幾拳讓牠衰弱，再切斷牠的尾巴、弄瞎牠的雙眼，最後砍掉牠的頭。這就是你對那隻貓做的事。貓咪好可憐喔，一定很痛苦吧。」次郎用令人背上發毛的冰冷聲音說道。這是在宣判死刑。「接下來要讓你嘗嘗同樣的痛苦。」

怵目驚心的光景即將在眼前展開。

「——喂，不要緊吧？你可別昏過去啊。」男人輕輕拍了拍高中生的臉頰。

拷問不斷持續著。名叫馬丁內斯的黑人男子首先揍了高中生的臉孔一拳，接著毆打肩膀、肚子及全身。他的力道拿捏得剛剛好，不至於要了高中生的命，卻又能帶來適度的疼痛與恐懼。打了一陣子之後，他休息約一小時，大概是透過插入無聲時間來引發對方的恐懼心。毆打、休息，周而復始，同時藉由展示這一幕來引發齊藤的恐懼心，像是對他說：「接下來就輪到你，做好心理準備吧。」

齊藤終於釐清狀況。這個叫次郎的人妖是復仇專家，正在替這個高中生虐殺的貓報仇，而拷問師馬丁內斯則是他的幫手。這部分齊藤是搞懂了，但他完全不明白自己為何被抓來。他做了什麼會被報復的事嗎？有人怨恨他嗎？齊藤唯一想得出的可能性是高中時代的那記頭部觸身球，除此之外毫無頭緒。自己八成被誤認為那個叫村瀨的大學生吧，只有這個可能。

「瞧你長得斯斯文文，居然做出這麼殘忍的事情。」結束第五次休息後，馬丁內斯終於拿出工具，似乎打算進行下一種拷問。他笑著握住刀子。「該怎麼辦？次郎，你說要砍下尾巴，可是人類沒有尾巴啊。」

「是啊。」次郎也露出淘氣的笑容，但他的眼睛絲毫不帶笑意。「不然就把長在前面的那話兒剁掉吧？」

齊藤忍不住想像，胯下 帶開始發疼。

「這部分暫且跳過，先廢了他的雙眼吧。」

高中生嚇得渾身發抖。他似乎失禁了，椅子底下多了灘積水。高中生一面哭泣一面搖頭，黑色的大手抓住他的腦袋，馬丁內斯手上的刀子逐漸接近少年的臉龐。一想像即將發生的事，齊藤再也看不下去，轉過頭用力閉起眼睛。

少年不成聲的哀號傳入耳中，模糊的死前慘叫聲響徹倉庫。齊藤忍不住想像少年所受的折磨。雙眼被刺瞎、血流如注的少年身影浮現於腦海中，齊藤覺得想吐。夠了，住手吧！齊藤感覺活像是自己被凌虐一樣。這同樣是一種不折不扣的拷問，即使他想摀住耳朵也辦不到，因為雙手被綁著。

「對著鏡頭說對不起。」

次郎舉起攝影機。少年已經看不見攝影機在什麼地方了。

「對、對不起。」

少年哭著說道，雙眼流出淚水與鮮血。

「我不會再犯了，我不會再犯了，請原諒我，請饒了我。」

少年啞著嗓子拚命說話。

「現在知道當時被你殺掉的貓是什麼心情了吧？」

齊藤閉上眼睛，不忍心再看下去。面對次郎的質問，少年想必是點頭如搗蒜，深深懺悔自己的罪行。少年的所作所為確實很殘忍，但應該可以放過他了吧——就在齊藤如此暗想之際，突然傳來物體滾動的聲音。少年的呼吸聲停止。齊藤戰戰兢兢地睜開眼，只見少年的頭顱滾到自己的腳邊。胃液翻湧而上，如果他的嘴沒被堵住，八成就吐出來了。

這時候，次郎的手機響起。「喂？我正在忙……啊？被一個男人打了，要我替你打回去？」

過了片刻之後，次郎啐了一聲，掛斷電話。

「誰打來的？」

「大和，說他和一個男人發生爭執。」

「哪個男人啊？」

「誰知道？好像是不認識的路人。抱歉，馬丁，能不能替我跑一趟？剩下的交給我就好。」

「ＯＫ。」

馬丁內斯應允，離開倉庫。次郎將手機收進口袋後，望向齊藤。

「好，接下來輪到你。」

齊藤的背上發毛。

自己將會被如何凌虐？他完全無法想像。

手機響個不停，吵醒了林。他並未確認來電者是誰，便迷迷糊糊地接起電話。

「……誰啊？」

『喂！』是張。『你現在在哪裡？』

在家裡。「你說呢？」

我在哪裡干你屁事？我又不是你的寵物——林在心裡咒罵。剛睡醒就聽見這個男人的聲音，看來今天將會是不愉快的一天。

『今天之內殺掉那個叫馬場的偵探，明白嗎？』

「我不是說過不要嗎？」林斷然拒絕。「除非你付錢，否則我是不會工作的。」

『你以為你可以這樣胡鬧嗎？』

林可沒有分毫胡鬧之意。「這是罷工，是勞工的正當權利。」

『罷什麼工，你只要乖乖照著我的話去做就好。』

「別擺出一副高高在上的架子對我發號施令，王八蛋。」

『我這不叫擺架子，我的地位本來就比你高。套用你的說法，對你發號施令是我的正當權利。』

「囉唆，去死吧你！」這個人的一言一行全都讓人不爽。「最好是痛苦而死，別再投胎了。」

『你還是這副德行，連說話的規矩也不懂。要是你再這樣不把大人放在眼裡，總有一天會自討苦吃。』

「啊，是嗎？謝謝你的忠告。」

『算了，你愛怎麼做就怎麼做吧。』

張的態度活像在打發青春期的小孩，讓林更為憤慨。

「用不著你說！」林心想，他愛怎麼做就怎麼做。

『你不動手，我就派其他人動手。反正福岡的殺手多的是，不差你一個，而且比你便宜，也比你有本事。』

對於張的冷嘲熱諷，林一笑置之。

「那你就試試看啊，我會把那個殺手做掉。」林決心阻撓到底。

『殺手殺手，是吧？』張發出輕蔑的笑聲。『又不是仁和加武士。』

說完，電話便掛斷了。林今天本來打算睡上一整天，被張這麼一攪和，現在睡意全消。時間剛過早上十點，林決定先沖個澡。

他在浴室裡想起張的話。什麼叫「你只要乖乖照著我的話去做就好」？不管過了多久，那傢伙還是一樣把他當成奴隸。林打從心底厭惡張看著自己時，那種宛若看待家畜般的冷漠眼神。張一直搞不清楚狀況，他們是對等的，林是職業殺手，張付錢委託他殺人，這就是他們的關係。他已經不是奴隸了。

林要讓張認清這一點，讓那個王八蛋傷透腦筋。林暗想，既然張打算派其他殺手殺掉那個叫馬場的偵探，自己就殺了那個殺手來阻撓張，給他一點顏色瞧瞧。

打鐵趁熱，林立刻把戰利品穿戴在剛沖完澡的身上。上半身是胸口有個蝴蝶結的白色雪紡襯衫，下半身是褐底黑點花樣的高腰波浪裙，兩者都是從他殺害的女人衣櫃裡偷來的，尺寸也正好合身，穿起來非常好看。林在褲襪和襪子之間猶豫了許久後選擇黑色的膝上襪，最後穿上鞋後跟有個圓形鉚釘的灰色長靴，便離開了家門。

他從JR香椎站搭乘鹿兒島本線的快速電車，坐了三站抵達博多站。從筑紫口筆直步行約五分鐘後，一棟老舊的商業矮樓映入眼簾。矮樓的白色牆壁帶有咖啡翻倒般的汙漬，三樓的玻璃窗上印著「馬場偵探事務所」字樣。矮樓有五層樓高，一樓是投幣式洗衣店，二樓是家庭教師派遣事務所。

林搭乘電梯前往三樓。馬場偵探事務所門前擺著一盆花，看起來很不自然。林拿起花盆一看，底下有把鑰匙，大概是事務所的鑰匙。這樣也叫藏嗎？未免太大意，他永遠無法理解日本人的這種習性。由於實在過於明顯，他甚至懷疑這是不是陷阱。

林敲了敲門，沒有回應。沒人在嗎？

林使用暗藏（完全沒有藏到）的鑰匙進入事務所。裡頭不怎麼寬敞，頂多只有林的套房兩倍大，並且用隔間板隔成兩半。入口所在的那一半擺放著不銹鋼桌、會客沙發和茶几，整理得還算乾淨，但是剩下的那一半卻活像垃圾坑，沙發上是堆積如山的待洗衣物，超商便當及泡麵的空盒擱在桌上，發出刺鼻的臭味。另外還有張床，棉被皺巴巴的。小小的電視上也積滿灰塵。

「……這房間好髒。」

林忍不住喃喃說道。幸好房裡除了自己以外沒有其他人，不至於被聽見。

話說回來，馬場善治出門了嗎？不知道何時才會回來？

總之，邊看電視邊等吧——林如此暗想，但由於屋裡實在太過髒亂，他費了好大一番功夫才找到電視遙控器。

開著愛車 Mini Cooper 前往常去的棒球打擊場流點汗是馬場的小小樂趣。這一天，

馬場一如平時走進球速一百公里的發球機球道，揮動他的愛用球棒。他已經打了四十球。

「你的狀況看來不錯。」

在馬場打出最後一顆球時，有人對他如此說道。馬場回過頭來，見到重松站在綠色護網的另一頭。

「咦？重松大哥，你怎麼會跑來這裡？」

「我打電話你沒接，猜想你八成在這裡。」重松扛著球棒袋。「哎，我也來活動一下筋骨吧。」

重松走進馬場隔壁的球道，一面將百圓硬幣塞進機器的投幣口，一面詢問馬場：「那件事進展得怎麼樣？查到什麼了嗎？」

「小有進展。」

馬場又追加一局。這是最後一局。

「是嗎？」

重松站上打擊區，舉起球棒。他是右打者，正好隔著網子與馬場相對。

「照片裡和市長在一起的那個女人，本來是Murder Inc.的殺……」馬場邊將球打回去，邊出聲大喊：「手！」

「果然如……」重松也揮動球棒：「此！」

「還有，我也查出是誰殺害刑警……」這球沒有擊中球心。「了！」

重松揮棒落空。「是誰？」

「一個叫伊萬諾夫的俄羅斯混血男人，他本來也是 Murder Inc. 的……」這回他擊中了球心。「人！」

重松又一次揮棒落空。「是嗎？」

打完所有球之後，重松詢問：「接下來你打算怎麼辦？」

「先去一趟超級澡堂之後回家。」馬場向來如此。在打擊場流汗後，去澡堂洗掉一身汗水。這就是馬場的假日休閒方式。

「不是，我是問市長的事。」

「哦，你是在問這個呀？」馬場露出笑容。「我已經撒了餌，接下來只要等對方採取行動。」

「餌？」

「那張照片的地點是間叫做 Miroir 的高級俱樂部，我昨天去過了，而且一再向店經理追問市長及同行男子的事。我想這件事應該已經傳到上層去了。」

「你居然這麼做？」重松瞪大眼睛。「危險，太危險了，說不定他們會動手除掉你啊。」

已經有一位刑警被殺了，馬場自己也很清楚這麼做的危險性。

「說不定我的事務所現在已經被炸掉了。」

馬場悠哉地笑道。

博多豚骨
拉麵團
HAKATA
TONKOTSU
RAMENS

五局上

候。

「用炸的吧！」

麗子提出這個建議，是在去學校把村瀨等人綁來迷昏，並討論該如何處置他們的時候。

「要一口氣解決三個人，這樣最快。劇本就是三個酒駕的蠢學生造成了車禍。」

宗方也贊成她的意見。同一所大學、同一個社團的三人在同一時期死亡，勢必會給外界留下謀殺的印象，製造車禍把三個人一併處理掉，是最為自然的手法。

而爆破是紫乃原的看家本領。

「沒想到這麼快就有機會測試我的新作。」紫乃原在汽車油箱附近設置炸彈，開心地說道。「話說回來，殺同一所大學的學生，感覺好奇怪喔……哎，反正是我不認識的人，無所謂啦。」

他們讓昏迷的三個大學生坐上贓車。當然，是在把大量的酒灌入他們嘴裡後。伊萬諾夫從車頂澆淋汽油，打算引發小規模爆炸，讓整輛車陷入火海。

完成準備後——

「好，要開始了～大家離遠一點～」紫乃原大聲倒數。「三～二～一～砰！」

按下爆破鈕的瞬間，爆炸聲響徹四周。火星點燃汽油，車子轉眼間便熊熊燃燒起來。即使這裡是人煙稀少的山路，還是太醒目了。

「喂喂喂，這根本不是車禍啊！」宗方抱住腦袋。「簡直是炸彈恐怖攻擊！」

「啊，對不起，火藥量好像太多了一點。」紫乃原毫無反省之色。

宗方罵了句：「白痴！」打他的頭一下。

「有什麼關係？跟警方套好說詞就行了。」說著，紫乃原拿出智慧型手機。「喂？是我，平日多謝關照。我在長谷水壩附近炸死三個人，可以請你們當成車禍處理嗎？哎呀，老是麻煩你們，真不好意思，萬事拜託了。錢會匯進平時的帳戶裡。好，失陪了～」

宗方等人立刻上車，趁還沒有人到來之前迅速離開現場。

「好，接下來就是變態兒子的事。」紫乃原一臉厭煩地說道：「該怎麼辦？把他送去精神病院嗎？」

「就算這麼做也醫不好那個變態。」宗方聳了聳肩，「他是個無藥可救的瘋子。」

「可是，那個男人每隔一段時間就會想殺女人。」伊萬諾夫也很傻眼。「放著不管，又會故態復萌。」

「既然醫不好，只能容忍了。與其讓他自己亂來，不如由我們替他準備女人。紫乃，你去你們學校隨便綁些女人來，可別被發現啊。」

「咦？我才不要。要是這麼做，我們大學不久之後就會變成男校了。」

「我有個主意。」麗子開口說道：「你們知道華九會嗎？最近和老闆關係很好的組織。」

「嗯。」

「華九會似乎和某個華裔黑道組織有關，而那個黑道組織是有名的人蛇集團。」

「人蛇集團？原來如此，隨便買些無親無故的女人給那個變態兒子，滿足他的怪癖，是吧？」

「對。」

「好主意。」

沒人會替人蛇集團的女人報失蹤，因此成案的風險很低，當然前提是祐介別像前陣子那樣胡亂棄屍。

「那個女人的屍體怎麼辦？委託業者處理嗎？」

「這件事我也有個主意。」

宗方點了點頭。「好，屍體就交給妳處理，我去找華九會的人談談。」

隨後，宗方立即聯絡華九會，在中洲的高級俱樂部和一名姓張的中國男人見面。

「我需要年輕女人。」

宗方表明自己的需求，張帶著笑容允諾：

「好，我會介紹我的仲介給您。正好剛進口幾個女人到日本，原本打算讓她們在旗下的酒吧工作，可以分一些給您。」

「謝謝。」

「不過，我有個條件。」

宗方皺起眉頭。「條件？」

「來場公平交易吧。我滿足您的需求，您也要替我辦事。」

「當然，我本來就是這個意思。只要您吩咐一聲……」同流合汙，是建立穩固信賴關係的最佳手段。「要我們殺任何人都行。」

張相當開心。「哎呀，謝謝。老實說，我正想教訓某個小鬼。」

「小鬼？」宗方在心中竊笑。原來大家都為了小鬼傷透腦筋。

「是我養的殺手，為了酬勞的事情和我鬧翻，完全不聽話。反咬飼主一口的狗，已經用不著了。」

「您是要我們殺了那個人？」

「對，請您派人去解決他。」

看來不是什麼難事。「對了，那個殺手用什麼武器？槍？還是刀子？」

「應該是刀子吧。」張回答得很含糊，令宗方有些驚訝。連自己旗下的殺手用什麼武器都不知道？「因為我曾經命令他別用槍，以免引人注意。再說，屍體向來都是遭刺死的。」

「那應該是刀子沒錯。」要打近身戰，伊萬諾夫是最合適的人選。「我們有個擅長近身戰的男人，是我們之中最強的。我把他的聯絡方式告訴您。」

「謝謝。這是仲介的聯絡方式。」

他們交換了電話號碼，交易成立。

博多豚骨
拉麵團
HAKATA
TONKOTSU
RAMENS

五局下

復仇準備在齊藤的眼前如火如荼地進行著。

「欸，村瀨同學。」次郎扛著鐵棒問道，大概是打算用鐵棒毆打齊藤。「聽說你之前打死一個外國人？」

齊藤猛搖頭。他沒做過這種事，再說他根本不是村瀨。齊藤拚命鼓動被膠帶貼住的嘴巴，待黏著力減弱、膠帶掉了半邊後，立刻出聲說話。

「請、請等一下！」齊藤主張自己的清白。「我、我什麼也沒做！」

對方並不相信他。「都到這個關頭還說這種話，你真是不見棺材不掉淚耶。」

「其實我不是村瀨！」

「啊？」次郎皺起眉頭。「是你說自己是村瀨的呀。」

確實，當次郎詢問「請問是村瀨先生嗎」時，齊藤回答「對」，不過，當時他這麼做是有理由的。

「我想殺掉村瀨，才會潛入他的住處。」

「是、是～」

次郎嗤之以鼻，彷彿在說這個藉口差勁至極。

為了取信於對方，齊藤只能老實報上真名。

「我接下暗殺村瀨的委託。我是Murder Inc.的員工。」

「……Murder Inc.？」聽見這個名號，次郎總算當一回事了。「等等，這是怎麼一回事？」

「啊，要證據的話我有！我的胸前口袋裡有名片！」

次郎依言摸索口袋，摸出一張名片。那叫黑名片，是這個業界的必備品。乍看之下只是張普通的名片，但是用火烘烤後，原本的文字就會消失，浮現其他文字，熱度冷卻後又會恢復原狀。

次郎用打火機烘烤名片，念出浮現的文字。

「Murder Inc.福岡分部，伊藤卓也？」

「那是假名，本名是齊藤。」

次郎摀著嘴，大吃一驚。

「哎呀，討厭，真的是Murder Inc.的人？是我們重要的客戶耶！」

見他終於相信了，齊藤鬆一口氣。

「哎，對不起，我搞錯了。」

次郎嘿嘿笑道。雖然這不是道歉就能解決的問題，但念在他立刻替自己鬆綁，齊藤決定不計前嫌。這下子總算自由了。

「……那我先失陪。」

齊藤只想盡早離開這個地方。雖然不知道這裡是何處，總之先走到公路上，叫計程車回家吧。

「啊，等等，齊藤。」

次郎叫住齊藤。齊藤雙肩一震，回過頭來。

「是、是，有什麼事嗎？」

「如果你有什麼仇想報就聯絡我吧。我會算你便宜點，當作是今天的賠禮。」

齊藤收下名片，上頭印著「Bar. Babylon 店長　田中次郎」。用打火機烘烤過後，「Bar. Babylon」的部分變成「復仇專家」。

馬場辦完事回到家，已經是傍晚了。

馬場偵探事務所安然無恙，並未被炸掉。但才剛鬆一口氣，馬場便發現事務所的門鎖被打開。他一面提高警戒，一面小心翼翼地打開門。

屋裡有人，正盤坐在沙發上看電視，頭髮很長，穿著裙子，似乎是個年輕女子。對方一察覺馬場，便說聲「你回來啦」，但視線依舊對著電視機。以女人而言，聲音似乎過於低沉了些。

「……妳是誰？」馬場詢問。

「殺手。」

果然來了嗎？馬場暗想，看來魚兒上鉤了。

「你就是馬場善治？」殺手瞥了馬場一眼，嗤之以鼻地說道：「哦，臉的確長得很像馬。」

真是個沒禮貌的傢伙，大概是想到什麼就說什麼的類型。

「頭髮跟鳥窩一樣。」殺手又加上這一句，馬場決定別放在心上。

殺手的視線依然朝向電視，完全沉迷於綜藝節目中。馬場再次主動攀談：

「欸，殺手小姐。」

「幹嘛？」殺手的語氣宛若在說：「現在正精彩，別吵我。」

「妳跑來這裡幹啥？」

「看了就知道吧？我在看電視。」

馬場想問的不是這個。為何堂堂一個殺手會悠悠哉哉地坐在這裡看電視？馬場歪頭納悶。自稱殺手的人物造訪馬場的事務所，可能的理由只有下列兩個，一是有工作委託馬場，二是來殺馬場。來看電視的殺手完全出乎馬場的意料。

「妳是為了看電視而跑來這裡麼？」

「怎麼可能？電視我家也有。」殺手終於轉向馬場，那雙眼尾上吊的雙眼皮眼睛看起來活像隻高傲的貓。「有人委託我殺了你。」

果然是這麼回事啊，馬場終於安心了。聽到對方宣稱是來殺自己的卻感到安心，說來是有點奇怪，但是摸不清對方的目的，反而更教他坐立難安。

總之，先把人趕走吧。馬場把手伸向球棒袋，見狀，殺手伸出右手制止馬場。

「哎，等等，我不是來殺你的。」

「啥？」

這個殺手在搞什麼鬼？剛才明明說「有人委託我殺了你」，現在又說「我不是來殺你的」，簡直是前言不對後語，莫名其妙。

「那妳是來幹啥的？」

「我是來保護你。」

「啥？」

「老實說，我現在為了酬勞的事和雇主鬧翻了。我本來要殺某個男人，但是到場時他已經死了，而我的雇主居然連訂金都不肯付，之後又立刻派我來殺你，我覺得很火大，所以決定搞罷工。」

「……真是辛苦妳了呀。」那干他屁事？

「有人想要你的命，八成還會有其他殺手來殺你。我打算把他們通通做掉，讓我的雇主傷透腦筋。換句話說，我要當你的保鑣。」

馬場明白殺手這麼做的理由了。不過被女人保護，是九州男兒之恥。

「免了。」

「啊？」

「我自己會保護自己。妳回去唄，計程車錢我替妳出。」

聞言，殺手臉色大變，不悅地癟起嘴來。

「……你明白自己的立場嗎？」

下一瞬間，殺手突然逼近馬場，用雙手將他一把推倒。馬場沒料到對方的力量這麼大，一臉錯愕地仰倒在床上。趁著馬場一時反應不及，殺手撲了上來，用雙膝壓住馬場的雙臂，迅速拿出某樣東西。那是狀似刀子的物體。接著，脖子上有道涼意竄過。刀刃抵著馬場的喉嚨，令他動彈不得。

殺手得意洋洋地俯視馬場說：「這叫做自己會保護自己？」

馬場呈現腦袋鑽進裙底般的姿勢，忍不住撇開視線。「妳走光了。」

殺手泰然自若。「那又怎麼樣？」

「紅色的……」馬場皺起眉頭。「拳擊褲。」

「這是我的決勝內褲。」

「……原來你是男的？」

「怎麼？」殺手笑了。「你現在才發現？」

「話說在前頭，我扮女裝不是為了鬆懈對手的警戒心。」林不願被這麼想，因此事先聲明。「只是嗜好。」

「嗜好？」

「我喜歡扮女裝。我常在想，為什麼女人也可以穿褲子，男人卻不能穿裙子？」

林挪動雙腳，放開馬場。

「哎，這下子你明白自己有多麼無力了吧？聽我的勸，乖乖接受我的保護吧。」

多麼厲害的殺手啊！有你這樣的人保護我，我心裡踏實多了——林原以為馬場會痛哭流涕地如此慶幸，沒想到馬場的反應卻很冷淡。「隨你便唄。」馬場只是興趣缺缺地撂下這句話。是在逞強嗎？還是缺乏生命暴露在危險中的自覺？

「啊。」馬場下床打開冰箱，喃喃說道：「明太子沒了。」

林躺在沙發上，繼續看電視。

馬場對他說：「喂，殺手先生。」

「幹嘛？」

「去幫我買明太子。」

「啊？」

「『福屋』的明太子，小辣，無添加色素的。」

「啊？別開玩笑了。」

馬場一本正經。「我不是在開玩笑。」

「你是白痴啊？為什麼我得幫你跑腿買東西？」

「因為很危險呀。有人要我的命，不是麼？我不能出門。」馬場遞出五千圓。「找的零錢就當你的跑腿費唄。」

來這招嗎？混蛋！林啐了一聲，接過錢不情不願地站起來。「下不為例啊！」

「是、是。」

「門要鎖好。」

「是、是。」

「其他人來了，千萬別開門。」

「是、是。」

他真的聽懂了嗎？

門的另一頭又傳來叮嚀聲：『「福屋」，無添加色素的喔！』但林充耳不聞。

為什麼自己得幹這種事？林在心中納悶。

林本想帶著五千圓一走了之，卻又做不到。那個男人居然把錢交給剛認識的人，而且是個殺手，這種毫無戒心的態度反而束縛了林的理智，讓林覺得：「他這麼信任我，我要是背叛他，他未免太可憐了。」

明太子是福岡名產，只要去禮品店，要買多少都不成問題，因此林便前往博多站內的購物商場。如他所料，到處都有販售明太子，但這樣反而令他傷透腦筋。販售明太子的店家實在太多了。

那傢伙說要買哪間店的？林忘了，好像是「福」什麼來著。林苦思片刻，還是想不起來，後來看到眼前有間名字很相似的店，便就近購買。

買完東西，林走出車站後門。當他走在行人稀少的暗路上時，前方有個高大的黑人迎面走來。

錯身而過的一瞬間，男人抓住林的手臂。

幹嘛？林尚未開口詢問，男人就先開了口。

「你就是林憲明？」

素未謀面的男人居然叫出自己的名字，讓林大為動搖。同時，男人的巨大拳頭嵌進他的肚臍一帶。林咳了幾聲，單膝跪地。如果不是空腹，他大概已吐出來了。

「你沒頭沒腦地打我做什麼！」

林抬起頭來瞪著男人。這個男人究竟是什麼來頭？是同行嗎？或許是張旗下的殺手。是來殺他的嗎？

「就算打扮成女人，我也知道，因為我是同志，一看見男人，胯下就會有反應。」

「……你想幹嘛？」面對露出賊笑的男人，林皺起眉頭。「別用那種奇怪的眼神看著我。」

「好表情，我最喜歡不懂世事又囂張跋扈的小鬼。」

接下來對方會使出什麼攻擊？林重整態勢，擺出迎戰架式，帶著警戒心畢露的表情窺探對方的下一步。

然而，男人卻說聲「拜拜」，轉身便要離去。

「啊？」這下子連林也不由得傻眼，忍不住叫住對方。「等、等一下，你要去哪裡？」

「還能去哪裡？回家啊，我的工作已經結束了。」

林一頭霧水。「你不是張派來的殺手嗎？」

男人撫摸嘴巴周圍的鬍渣，歪頭納悶。

「張？他是誰？我是復仇專家僱來的。」

「復仇專家？」林曾經聽說過。

「你昨天打了一個牛郎吧？他很生氣，說不揍你一拳難消他心頭之恨。你不覺得他應該自己來嗎？真是個沒出息的傢伙。」

林想起來了，是扒走他皮夾的男人。這麼一提，那個男人說過「我會報仇的」。

「你不殺我？」

「復仇專家的大忌就是過度攻擊。被弄瞎了眼睛，就把對方的眼睛弄瞎，不可以逾越這條界線。所以揍你 拳，我的工作就結束了。再說，我根本不是殺手，只是拷問師。這是我的名片，如果你想拷問誰，隨時可以聯絡我。」

說著，他遞出名片，名片上寫著「整骨師　何塞・馬丁內斯」。林用打火機烘烤名片，只見「整骨」變成「拷問」。

「啊，對了，給你一個忠告。」臨去前，馬丁內斯說道：「收據要立刻丟掉。」

收據？林完全不知道他在說什麼。

林回來的時候，馬場偵探事務所的門是開著。明明交代他要把門鎖好——林啼笑皆非地走進屋裡。

「你回來啦。」

馬場正在看電視，雙眼直盯著畫面不放，狀況和剛才正好相反。

「怎麼這麼晚才回來？」

「我被一個男人攻擊。」吃了不少苦頭耶！林嘟起嘴巴。

「啥？」馬場猛然回過頭來。「沒事唄？」

「……沒事，只是被揍了一拳。」

「不是，我是問明太子！」

「你不是在擔心我啊！」林把裝著明太子的袋子扔向馬場。

「好痛！」袋子命中馬場的臉，馬場確認袋子裡的東西後，臉色一沉說：「呀，這是『福氣屋』的明太子！」

「那又怎麼樣？」

「我是要你買『福屋』的明太子！」

「別抱怨了，還不是一樣？」只不過名字多了個「氣」字而已，差不了多少。

馬場一臉不悅。「你對姓伊藤和齊藤的人也會說一樣的話麼？」

「啊，囉唆！」

虧他大老遠買回來，居然連個謝字也沒有，實在令人火大。

馬場再度把視線移回電視上，似乎是在看職棒轉播。林對棒球沒興趣，但反正無事可做，便在馬場身旁坐下一起觀戰。無聊的時間一點一滴流逝。

那是鷹對鯉魚之戰，每當打者揮棒、每當投手投球，馬場都跟著一喜一憂。棒球到底哪裡好看？林完全不明白。

比賽在鯉魚隊領先的狀態下進入尾聲。九局上半，鷹隊進攻，兩出局，比數是四比五，相差一分，二、三壘有人，打擊順序輪到第八棒捕手。電視中傳來主播萬念俱灰的聲音。

『單季打擊率一成九五，得分圈打擊率一成八。他能夠在這個大舞台打破這個數字嗎？』

打者兩度揮棒，都是蹩腳的揮棒落空。沒救了——林如此暗想。就算是外行人也看得出來，他根本打不到球。

『球數兩好一壞，沒有退路了。』

馬場凝視著畫面祈禱：「拜託，打出去！」原來如此，他支持的球隊落後，所以心情才那麼差。

觀眾席上響起「只剩一球」的呼聲。

「對對，反正輸定了。」林忍不住喃喃說道。

「還不一定。」馬場氣呼呼地反駁：「不到最後一刻，不知鹿死誰手。」

投手投出球，是顆下墜球。打者揮棒落空。好，三振，比賽結束。

就在林如此暗想時——

對方的捕手竟然沒接到球。球滾向後方，且無情地越滾越遠。

『哦，這時竟然發生接球失誤！球被捕手彈開了！』主播的聲音頓時高昂起來。

『三壘跑者趁這個時間跑回來！追平了！還沒結束！二壘跑者也跑過三壘壘包！球來不

及回傳！』

「哦？哦！」馬場拍著手，像隻興奮的大猩猩一樣開心。「喔喔喔！喔喔喔！」

『天啊！』主播的聲音近乎尖叫。『跌破眼鏡的兩分打點不死三振！鷹隊逆轉！』

「好！贏啦！」馬場也大叫：「贏啦！好呀！呵呵！」吵死了。

『哎呀哎呀，真是跌破大家的眼鏡，沒想到會發生這種事。』解說員也驚訝不已。

林並不清楚棒球規則，但是從轉播席的氛圍，也能知道這種情況發生的機率有多麼低。

結果，該局下半，救援投手把三名打者都三振出局，結束了比賽。馬場支持的球隊守住一分的差距，贏得勝利。

「哎呀，運氣真是太好了。」馬場眉飛色舞。「棒球就是這樣，不到第九局兩人出局三好球時，不知道鹿死誰手。」

由於棒球比賽的轉播延長，每週必看的愛情連續劇晚了三十分鐘才播映，所以林討厭棒球。

馬場笑容滿面，彷彿這才想起來似地說道：「呀，謝謝你幫我買明太子。」

現在才道謝？林無視他，盯著電視不放。

「偶爾吃吃別家也不錯。『福氣屋』的也很好吃，醃得很入味。」

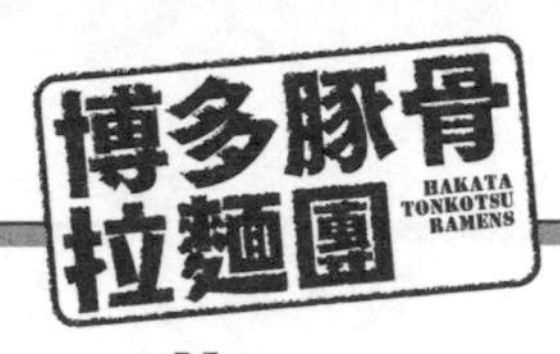

剛才他根本不是這麼說，還搬出什麼伊藤、齊藤的例子，嘀嘀咕咕地埋怨。真是個見風轉舵的男人。

「別跟我說話，害我聽不見電視的聲音。」林用遙控器調高音量。

「你愛看這種戲？真意外。」馬場並未聽從忠告，繼續對林說話。這時正好是男女擁抱的場景。「你明明是殺手，卻喜歡看愛情連續劇？」

「也不是愛看啦……做這一行，有時候會想看看普通人的生活。你大概不明白這種心情吧。」

林嗤之以鼻，但馬場搖了搖頭。

「不，我明白。」

「是嗎？」

「做這一行容易累積壓力。對了，你可以運動呀。我有加入業餘棒球隊，你要不要一起打球？」

「白痴，誰要打啊？」

「真沒意思。」

馬場站起來，用卡式爐燒水，似乎是在準備晚餐。

「你肚子餓不餓？」

「不餓。」其實林很餓。

「我要做飯，你要不要吃？」

「不要。」

馬場從櫥櫃裡拿出兩碗泡麵，加入熱水，接著把其中一碗連同免洗筷一起放在林的眼前。「來，請用，吃唄。」

「我討厭豚骨拉麵，油膩膩的，吃了會反胃。」

「……虧我還特地煮給你吃。」

馬場垂下眉毛。什麼特地煮給我吃？不過是加了熱水而已，說得好像是什麼天大的恩情……無可奈何之下，林拿起免洗筷。

「怎麼，結果你還是要吃唄。」馬場笑了。

「不吃太浪費。不浪費食物是我的原則。」

「真了不起。」

「我問你。」林突然詢問：「你吃過掉在地上的飯菜嗎？」

馬場搖了搖頭。「沒有。」

「我想也是。」

林想起往事。林從前居住的村子很貧窮，他總是去撿別人丟棄的剩飯來吃。那是段不愉快的回憶。

這個國家很和平，沒有人會吃掉在路上的飯菜。別的不說，大家都不亂丟垃圾，所以路上不會有飯菜。日本人很愛乾淨，這一點林挺中意的。

「開動了。」馬場合掌說道。

林也有樣學樣地說：「開動了。」

這麼一提，這或許是有生以來頭一次有人給予林金錢以外的東西。過去從未有人請林吃過飯，這也是林頭一次獲贈裝在容器裡的食物。

林吃了口麵，濃郁的味道在嘴裡擴散開來。

「……啊，這個好好吃。」

林原本只想在心裡喃喃自語，沒想到不小心脫口而出。

「很好吃唄？」馬場得意地笑了。

這一天發生了許多事。去殺人，結果栽在復仇專家手上，還險些被打死。齊藤已經身心俱疲。

在找好新住處之前，齊藤暫且住在天神的商務飯店裡。他搭乘計程車回到飯店之後，便睡得不省人事，當他醒來時已經是晚上，手機裡有三個未接來電通知，全都是Murder Inc. 福岡分部的上司打來的。

齊藤暗叫不妙。由於置身於危險中，他把工作忘得一乾二淨。他必須殺了村瀨淳，期限早就過了。從前在東京總部，他也是無法下定決心殺人，不斷躊躇，拖到超過期限；這次他又失敗了，鐵定會被公司殺掉。

怎麼辦？在他抱頭苦惱之際，電話又響了，這次依然是上司打來的。齊藤戰戰兢兢地接起電話。

「……喂？」

『呀，終於打通了。』上司的聲音相當開朗。『哎呀，齊藤，幹得好。』

「咦？」

齊藤還以為自己聽錯了，幹得好？不是「你幹了什麼好事」嗎？

『總部說你是完全沒有工作能力的問題員工，但你現在不是做得很好麼？』

「呃……請問您在說什麼？」齊藤一頭霧水。

『那個大學生，你不是殺死他，偽裝成車禍麼？』

「啊？」

『客戶很開心。酬勞已經匯過去了，你確認一下。』

上司掛斷電話。

等等，這是怎麼回事？

齊藤連忙開啟電腦，搜尋福岡的地方新聞，只見網路上刊登了三個大學生酒駕車禍身亡的新聞，死亡學生之中也有村瀨淳的名字。

喂喂，騙人的吧？村瀨死了？怎麼搞的？是巧合嗎？天底下有這麼幸運的事？

該不會……昨天那個男人的臉孔浮現於眼前。復仇專家次郎，該不會是他們下的手吧？

齊藤按捺不住，橫下心來撥打名片上的電話號碼。

『您好，這裡是 Bar. Babylon ～』

一個男人接聽，是次郎。

「啊，呃，是次郎先生嗎？是我，齊藤。」

『哎呀，齊藤？昨天真抱歉。』

齊藤開門見山地問道：「呃，我聽說村瀨淳車禍身亡，是你們殺的嗎？」

『不，這個嘛……』次郎笑了。『不是我們做的。』

「……搞什麼，原來真的是車禍死亡啊？」

『那倒不見得。』次郎說了句意味深長的話語。

「咦？」

『車禍身亡的那三個學生，有人委託我們殺掉他們，三人都在名單裡。這會是巧合嗎？』

次郎喃喃說道。通話就在這裡結束。

這是巧合？不可能，一定是某人偽裝成車禍殺死他們。齊藤覺得不太舒服，不過這下子他得救了。雖然不是齊藤直接下的手，但是目標死了，酬勞也到手。他什麼都沒做，沒有犯罪就有錢可拿，可說是最棒的發展。就像是連續三名打者被投手保送上壘後，又來了一記觸身球，將壘上跑者擠回本壘得分一般。

齊藤離開飯店前往超商，這是為了確認酬勞是否真的匯入戶頭裡。齊藤查詢餘額，見到ATM螢幕上顯示的數目後，險些軟了腳。同年代上班族的年收入，一口氣匯進他的帳戶裡。這麼一提，聽說殺死目標時若是偽裝成意外身亡或自殺，公司還會發放特別酬勞，但沒想到這麼多。

齊藤的睡意全消，前往鬧區吃飯。當他在鬧區裡遊蕩時，有人在中洲的色情業導覽所前叫住他。

「先生，要不要放鬆一下？介紹好店給您喔！」

聽見身穿藍色防風外套的仲介快活的聲音，齊藤忍不住停下腳步。

難得來福岡，不在中洲玩玩怎麼行？這簡直像是去遊樂園卻不坐雲霄飛車。正好手頭多一筆錢，今晚放鬆一下應該不為過吧？齊藤露出了賊笑。

六局上

向人蛇集團買來的年輕女人，才一晚就被原田祐介玩壞了。照這樣看來，就算世上的女人再多也不夠用啊——宗方忍不住咋舌。

『宗方先生，我玩完了～』

接到這通電話，宗方趕到祐介的住處一看，只見女人已經死在床上，雙手雙腳被綁著。是強姦過後才殺害的？還是殺害之後姦屍？宗方不知道，也不想知道。無論為何者，這個男人似乎不殺女人就無法滿足性慾。

「滿足了嗎？」

宗方詢問，祐介嘿嘿笑道：「哎，應該可以撐一陣子吧～」

過了深夜三點，宗方把女人的屍體塞進大行李箱，放到車子的後車廂，前往天神的商務飯店。麗子在這家飯店的六〇二號室裡等待宗方，她打扮得像個女公關，頭髮高高盤起，身上穿著暴露的禮服。

那間客房是單人房，有個陌生男子睡在床上，身上只穿一條內褲。

「這個男人是誰？」

「不知道，我在中洲隨便勾搭一個醉漢。駕照上寫的是『伊藤卓也』。」

看來麗子是勾引爛醉如泥的男人進房後再迷昏他。她很擅長用藥。

「女人的屍體帶來了嗎？」

「嗯，在這裡頭。」

宗方打開行李箱。他依照麗子所言，把祐介玩完的女人運來飯店。

看著被硬生生折疊起來的屍體，麗子皺起眉頭。

「……那個男人真是爛到極點。」

「好了，這具屍體該怎麼處理？」

「放在這裡。」麗子指著床鋪。「把那個變態兒子幹的所有姦殺案都推到這個男人頭上。」

六局下

腦袋很重，非常沉重，彷彿腦髓化成鉛塊。

齊藤醒來時，發現自己躺在飯店的床上。房裡的數位時鐘顯示現在是早上六點。昨天他似乎喝過頭，喝到一半就沒有記憶。酒好像還沒醒，身體輕飄飄的。

突然，疑似人類手臂的物體映入眼簾。仔細一看，一個女人睡在身邊。該不會……不不不，不會吧！他和陌生女人共度了一夜嗎？完全不記得。

是怎麼樣的女人？齊藤窺探她的臉龐，發出尖叫聲。女人的眼睛瞪得大大的，顯然已經死了。

「為、為什麼——」

到底是怎麼一回事？這個女人是誰？為什麼死了？齊藤不記得也想不起來，腦子一片混亂。

齊藤的醉意全消，他從床上跳起來，確認周遭。內褲仍然穿在身上，脫下的衣物則是散落四周。他翻找夾克口袋，皮夾和手機都在，除此之外，還有四張名片，其中三張是中洲的店，另一張是之前次郎給他的名片。他記得自己去過這三間店，但之後就毫無記憶。快想起來，快想起來啊！齊藤拚命運轉抽痛的腦袋。

昨晚，自己喝得爛醉如泥，再也走不動，便在路邊蹲下——前一夜的行動漸漸地重現於腦海中。這麼一提，後來好像有人向自己攀談。「你沒事吧？」看起來是個酒店小姐，長得漂亮又優雅。她表示可以一起搭計程車順道送齊藤一程，並將齊藤送回飯店客房。齊藤的意識就是在這裡中斷的。莫非自己藉著酒意把女人帶回飯店，後來殺了她？喂，不會吧！他害怕起自己來了。

齊藤瞥了女人一眼。咦？他歪頭納悶。不對，不是這個女人。這個女人和送他回來的女人長得完全不一樣，似乎不是化妝的問題。雖然兩者都是美女，但是輪廓截然不同。昨晚遇見的女人是鵝蛋臉，這具女屍則是圓臉，而且，她看起來很年輕，說不定只有十幾歲，昨晚的女人成熟多了。

那麼，這個女人是誰？打哪兒來的？為什麼會死在這裡？齊藤更加一頭霧水，腦子一片混亂。

總之，不能繼續留在這裡，否則會被當成殺人犯逮捕，他必須快點逃走。齊藤連忙穿上衣服、拿起包包，衝出飯店。

隔天早上，馬場俯視著像貓一樣蜷曲在偵探事務所沙發上睡覺的殺手，露出了苦笑。這是哪門子的保鑣？竟然睡得這麼沉。

若是叫醒他，鐵定又會有麻煩。搞不好他會死纏爛打地追問自己要去哪裡，最後還會跟來。馬場見機不可失，決定立刻出門。他的目的地是榎田逗留的網咖。

馬場來訪時，榎田正在入侵氣象廳的網頁，把沖繩的一週天氣預報全改成「雪」，玩得不亦樂乎。他大概很閒吧，馬場完全不明白這麼做有什麼好玩的。

「啊，馬場大哥。」榎田瞥了馬場一眼，開心地說道：「你還活著啊？」

「是呀。」馬場嘆一口氣。「不過我的事務所裡來了個殺手。」

「哇，真糟糕。有造成什麼損傷嗎？」

「糧食沒了。」

「糧食？對方是來劫兵糧的嗎？」

「那傢伙很會吃，把我的食物一掃而空，共兩碗泡麵加三杯米，就連昨天剛買的明太子都沒了。」

「……那個殺手到底是來幹嘛的？」

「他接到殺死我的委託，但是他和委託人為錢鬧翻，所以跑來保護我。現在他正在我家睡覺。」

「睡覺？不是你把他打昏了？」

「是睡覺，呼呼大睡。」

「那傢伙到底是什麼來頭？」

「我就是想請你調查這件事。」

「哦，原來如此，我懂了，是個怎麼樣的人？」

「還很年輕，雖然是男人，卻打扮成女人的模樣。」

「啊！」榎田似乎想起什麼，高聲叫道：「我或許認識那個殺手。」

不愧是無所不知的男人，馬場暗自佩服。

「是不是這傢伙？」說著，榎田拿出某個男人的資料。名字是「林憲明」，嗜好是「扮女裝」。

「Hayashi Noriaki？」

「是念作『Lin Xianming』。資料上是台灣人，但他好像是在中國的農村出生。前一陣子有人在找這個男人，我剛調查過他。」

這麼一提，那個殺手說過他昨天去買明太子時被某個男人攻擊。

「真虧你查得出他的嗜好是扮女裝。」
「他的錢包裡有化妝品的收據，口紅啦、假睫毛之類的。」
「這小子的雇主是？」
「這我就不知道了，要我調查嗎？」
「免了，我問本人就行。」
馬場支付榎田酬勞後便離去。

回到事務所後——
「你回來啦。」
這道聲音傳來，原來林還沒走。
「我回來了。」
「有客人上門。」
「客人？」
是來委託工作的嗎？
「在那邊。」

林用下巴指示。隔間板的另一頭有個身穿黑西裝的男人，雙手雙腳被延長線綁住，鼻子流血。不難想像這個男人是來殺馬場的殺手，結果栽在林的手上。

「謝謝你替我費心招待他。」

「我是不是該倒杯茶給他喝？」林笑著說道：「欸，該怎麼處置這傢伙？要殺了他嗎？把他的頭砍下來，用低溫宅配寄給雇主？」

殺手一臉害怕，似乎尚未適應這份工作。

「放他走唄。」

聽馬場這麼說，林的表情宛若玩具被搶走的小孩，不情不願地解開延長線。接著他把臉湊向殺手，威脅道：「回去跟那傢伙說，幹這種事只是白費功夫，叫他快點付錢。」

那傢伙指的應該是林的雇主吧？林說他為了酬勞問題和雇主鬧翻似乎是真的。

殺手逃走後，馬場切入正題。

「對了，林憲明老弟。」

聽見對方突然叫出自己的名字，林瞪大眼睛。

「你怎麼知道我的名字？」

「我調查過了。」

「我還在想你跑到什麼地方去了，原來是去調查這種無聊事？」

「我有幾個問題想問你，你肯認真回答麼？」

「視問題而定。」林冷淡地回答。

馬場不管三七二十一，開始發問。「你為啥當殺手？」

「當然是為了錢啊，為了錢。這還用問嗎？」

「為了錢呀……」瞧他昨天肚子餓成那副德行，生活想必不寬裕。「你是不是欠了錢？」

「嗯，可以這麼說。」

那事情就好辦了。

「如果我說，我可以幫你還清債務，你會怎麼做？」

林的表情沉了下來。「什麼意思？」

「要不要和我交易？」

「交易？」

「我用你開的價碼買下你手上的情報，如何？」

馬場詢問，林沉默下來，大概是在腦中計算利弊。

片刻後，林開口說：「只要有五百萬，我就自由了。」

「五百萬是唄？付現行麼？」

馬場打開房間角落的金庫，拿出五束紙鈔。那是重松給他的錢。他把五百萬堆在林的眼前。林逐一清點過後點了點頭，交易成立。

「先請你自我介紹一下唄。」

林用鼻子哼了一聲。「你已經知道了吧？你調查過了。」

「你幾歲？」

「十九。」

「誰僱用你的？」

「華九會。」

「華九會？」是黑道嗎？沒聽過這個名號。

「是華裔黑道和被趕出組織的九州流氓組成的集團，也就是所謂的跨國黑道。」

「華九會的主要收入來源是？毒品？軍火？」

「人類。」

「原來如此，是買賣人口？」

「我沒有參與，不清楚詳情。我只是接受委託，靠殺人賺錢而已。」

馬場提出下一個問題。「你是從啥時開始當殺手的？」

「我是在兩年前受僱於華九會，但九歲就開始接受訓練。」

「訓練？」

「買賣人口的目的不只有器官，有時也會大量集中孩童加以訓練，把他們培育成傭兵或殺手。」

「你也是其中之一？」

「對，華九會向來是自行培育組織旗下的殺手。」

「你的日語說得很好，是在哪裡學的？」

「被逼著學會的，訓練裡也包含日語和英語課程。再說我已經在日本住了兩年，在組織裡也都是用日語交談。」

「這麼說來，你和組織裡的人有來往？」

「一部分，因為我有時會出入事務所。」

「最後一個問題。」馬場從桌子裡拿出照片。「你認識這張照片上的男人麼？」

那是重松給的原田市長照片。馬場指著只有照到背影的光頭男人。

「這傢伙……」林睜大眼睛，接著用看見害蟲般的眼神瞪著照片。「是張。」

「張？」他果然認識？

「我的雇主，華九會的幹部。這個人穿的西裝很俗氣吧？他總是這樣穿。」

「你確定是這個男人？」

「嗯，我確定，因為我一直想著總有一天要拿刀子刺這顆後腦。」

原來如此。馬場暗自沉吟，新興黑道組織與市長的密會現場——握有這張照片，難怪會惹來殺身之禍。這下子總算掌握到事件的脈絡。

多了一筆意外之財，林非常開心。這下子他再也不必聽命於張。這代表他無須向張討錢，也沒理由繼續保護馬場這個古怪的偵探。既然如此，快點還清債務回國吧，家人也在等他。

離開事務所之際——

「如果你遇上麻煩，隨時可以聯絡我，我會幫你的。」

說著，馬場給了林一張名片。名片上印著「馬場偵探事務所代表　馬場善治」。這和張給他的名片完全一樣。

「不用了。」

林沒收下。這張名片他已經有了，就算沒有，他也用不著。

「不用客氣，留著唄。」

「我不是在客氣，是我根本不需要你幫忙。」

「這你就不懂了。」馬場攤開雙手，宛若在大嘆無奈。「你知道當殺手需要的是啥麼？」

「啊？」殺手需要的是什麼？這還用問？「當然是『本領』啊。」

「不是。」馬場聳了聳肩。「給你一個提示，是打棒球也需要的東西。」

「我不知道你在說什麼。」

林啐道，背過身去。他討厭猜謎。

林打算先回家一趟，換上西裝後再前往張的事務所。他在博多站搭上鹿兒島本線往小倉方向的電車，而當他在香椎站下車之際，接到一通電話。是張打來的。

『你殺掉那個偵探了嗎？』

「沒有。」林克制不住笑意。「我不接你的工作了。」

『怎麼了？你好像很開心？』

「我賺到五百萬，這下子債務就還清了，我也恢復自由。」

『哦，這樣啊。』張的反應比林想像的更為平淡。『看樣子你還沒看新聞。』

「新聞？」他在說什麼？「什麼新聞？」

『哎，算了，無知便是福。』

張掛斷電話。

這個男人究竟想說什麼？林歪頭納悶。

回到住處，林做的第一件事就是打開電視。地方新聞台的主播正在念稿：酒駕車禍、高中生失蹤案，還有——

『為您播報下一則新聞。今天早上在福岡市內的飯店發現一具女屍，死者為居住於福岡市的中國留學生林僑梅。』

「咦？」

林瞪大眼睛。

「僑梅……」那是妹妹的名字。「騙人的吧，喂！」

不，不會的，不可能是妹妹。林連忙撥打電話。他的手在發抖。

張立即接起電話。『我正在想你差不多該打電話來了。』

「這是怎麼回事？這個林僑梅是……」

『如假包換，就是你妹妹。』

「你、你胡說……僑梅怎麼會跑來日本……」

『和你一樣，人口買賣。她被一個性變態買去當玩具。』

「你賣了僑梅？」林厲聲問道：「你不是答應我不會動我的家人嗎！」

『呆瓜，你以為連法律都不遵守的人會遵守約定嗎？』

林勃然大怒，整個身子都開始發熱。這幫人實在卑劣至極。

「是誰？」林克制怒意，擠出聲音。「是誰買下僑梅？」

『這我不能說，因為這關係到信用問題。』

「我要殺了你們，絕對要殺了你們。」林齜牙咧嘴地大叫：「你，還有把僑梅害得這麼慘的人，我全都要殺掉！」

『哦，再告訴你一件事。』張充耳不聞，好整以暇地說道：『你母親五年前就病死了，你每個月規規矩矩存下來的一百萬生活費，全都進到組織的口袋裡。』

林無言以對。

『我忠告過你吧？不把大人放在眼裡，總有一天會自討苦吃。』

「……給我等著，我現在就去殺了你。」林掛斷電話。

林穿著女裝叫了輛計程車，前往春吉。抵達目的地的商業大樓後，他扔了張萬圓鈔票給司機，表示不用找了，接著便跳下車，奔上大樓的樓梯。隨著響徹四周的急促高跟鞋聲，他爬上四樓，一鼓作氣地衝進事務所。

事務所裡有五個身穿西裝的男人，是張的小弟，正坐在沙發上聊天。張不見人影，大概是在裡間吧。

見到身穿女裝的林，小弟們一臉錯愕。這個女人是誰？他們紛紛皺起眉頭，其中一人面露苦笑走向林。

「怎麼了？小妹妹，走錯樓了嗎？美容沙龍在二樓。」

林沒有回應男人的話，而是採取實際行動。他拿出預藏的刀子割斷男人的喉嚨，鮮血四濺，染紅林的女用襯衫。

「妳是誰！」小弟們大呼小叫：「想做什麼！」

眾人紛紛把手伸進懷裡，想必是要掏槍。林趁機靠近另一個男人，用刀子刺他的腹部，奪走他的槍。那是槍把上刻有星星標誌的中國製手槍，附有消音器。林拿男人的屍體當盾牌，朝剩下的三人開槍。他很久沒用槍了，但他的槍法並不差，起初兩人命中頭部，最後一人則是命中心臟。

事務所的牆壁、地板和自己的衣服都是血跡斑斑。渾身是血的林踹開隔壁的房門，張果然就在房裡，宛若正在等候林到來，絲毫沒有慌亂之色，和平時一樣大模大樣地坐在桌子前抽雪茄。死到臨頭的人，居然這麼悠哉？

林左手拿刀，右手持槍，緩緩走向張。

「你很從容嘛。」

見了林，張露出輕蔑的笑容說：

「你幹嘛穿成那副德行？以為這樣就算喬裝打扮啦？」

「是誰？」林用槍口指著張的額頭問道：「是誰買下僑梅？」

「你說呢？」張仍舊一派從容。

「你不說？」

「對。」

「那就死吧！」以死贖罪。

「別白費功夫了，你無法殺死我的。」

「哈，你是白痴嗎？該不會以為我對你有感情吧？真是好傻好天真。」

「我不是這個意思。你殺不了我，因為你不是殺手。」

「你在說什麼？」

不是殺手？這副模樣怎麼看都是殺手吧。

「你不是殺手，只是劊子手。職業殺手是用來形容像他那樣的人，死前好好記住這件事吧。」

他？張在說誰？

張的視線移向林的背後。林猛然省覺，回頭一看，是面牆壁——乍看之下是面牆壁，仔細一看卻是個人。不知幾時間，有個男人來到林的身後。那是個非常壯碩的大漢，就像電影裡的科學怪人一樣。這個男人也是張僱用的殺手嗎？

男人抓準林一瞬間的空隙，拍開他的手臂。手槍從掌中掉落到地板上。

張對男人說道：「剩下的就拜託您。」悠然走出房間。

「慢著，王八蛋！」

林朝著張伸出手，卻被男人從背後拉住他的頭髮，腦袋整個往後仰。男人的右手隨即從眼前繞過來，用前臂圈住林的脖子。

「啊，咯！」

林的一口氣被硬生生地擠出喉嚨。他把左手上的刀子換到慣用手上，刺入試圖勒頸的男人手臂，卻刺不太下去，一點效果也沒有。即使手臂中刀，男人依然若無其事，莫說慘叫聲，連道呻吟都沒發出來。

「沒用的，刀子對我無效。」男人用平板的聲音說道。

「為、為什麼——」為什麼無效？

「殺手最需要的是強韌的肉體。」大漢在林的耳邊輕聲說道：「殺手無論在任何狀況下，都必須殺得了人，即使是不能攜帶武器進入的場所也一樣。」

「咯，哈！」林喘不過氣。

「能夠赤手空拳戰鬥，才是有本領的殺手。所以我持續鍛鍊身體，好讓自己能夠光靠這隻手臂殺人，能夠承受任何攻擊。」

總之，得先站穩陣腳才行。林把刀子從男人的手臂上拔出來，這回瞄準要害，朝對手的喉嚨揮去。男人一把抓住林的手腕，握緊林握刀的拳頭，使勁往反方向扭轉。林本來以為他打算扭斷自己的手臂，然而事實並非如此，刀尖指向林的腹部。男人的力道過於強勁，林既無法放開刀子，也無法調整軌道。

自己手中的刀子刺入自己的側腹，林發出慘叫聲：「嗚，呃啊！」

趁著林的身體因疼痛而搖晃之際，男人轉而從正面攻擊，將他壓在牆上，用雙手捉住他纖細的脖子。男人的手指嵌進喉嚨，壓迫林的支氣管與血管，令他難以呼吸。好痛苦。

氧氣無法送往大腦，腦袋開始模糊。張的話語突然閃過腦海。

——你不是殺手，只是劊子手。

林感到作嘔。這話是什麼意思？我不是殺手？不，我是不折不扣的職業殺手，不是你的奴隸，也不是你養的狗。我是行家，是職業殺手——林在腦中一再地如此喃喃自語。

七局上

三十分鐘前，張打了通電話給伊萬諾夫。張的指令是：『待會兒有個姓林的殺手會來事務所，替我殺了他。』對方似乎完全中了張設下的圈套，居然大搖大擺地現身於敵營，真是個思慮短淺的傢伙。從他輕易被挑釁這一點看來，八成是個頭腦簡單又性情急躁的人，並不適合當殺手。

伊萬諾夫抵達華九會的事務所時，屋內已經一片狼藉，猶如用刷子沾了紅色油漆四處亂甩般，牆壁和地板上都是飛濺的血沫。那個殺手正在隔壁的房間裡和張說話。伊萬諾夫跨過地上的屍體，也踏進隔壁的房間。

那個姓林的殺手還是個孩子。聽說他是男性，卻穿著女裝，身材纖瘦，看起來弱不禁風，勒住他的脖子易如反掌。

伊萬諾夫的手指使勁，打算勒死他。拇指按住氣管，食指和中指按住頸動脈和頸靜脈。林像隻金魚，嘴巴為了呼吸空氣而開開闔闔，白皙的臉龐變得更加蒼白，雙眼也漸漸失去光彩。

快了——在伊萬諾夫如此暗想時，他發現林的嘴巴正規律地反覆動著。

莫非他在說話？在這種狀況下？懂得唇語的伊萬諾夫注視著林的嘴唇動作。起先嘴唇變圓，是「我」；接著，舌頭微微捲起，是「是」；再來，下巴稍微往下，是「職」；嘴唇咧開，是「業」嗎？捲起的舌頭外露，似乎是「殺」；最後，嘴巴噘起，是「手」。

我、是、職、業、殺、手，我是職業殺手——這個男人確實是這麼說的，他的嘴唇就是這麼動的，一而再、再而三，彷彿反覆訴說一般。

林的嘴唇閉上，伊萬諾夫以為他快死了，誰知他咬緊牙關，做出最後的抵抗。他拿出另一把刀子，刺入伊萬諾夫勒頸的前臂。那是一把奇形怪狀的刀子，護手竟然是圓筒狀。

「我不是說過沒用嗎？」

多虧平日勤於鍛鍊身體，這麼點疼痛根本不算什麼。剛才明明如此說明過，這個殺手卻依然學不乖。

此時，林的嘴角上揚，伊萬諾夫不禁懷疑自己的眼睛。這個男人在笑，雖然命在旦夕卻仍露出微笑，他的腦子顯然有問題。

林的動作尚未結束，他拔出刀子，對著伊萬諾夫筆直舉起。他的動作很奇特，刀尖對著伊萬諾夫，手臂打直，看來宛若要將刀子遞給伊萬諾夫。他究竟想做什麼？伊萬諾夫無法理解。

林依然面帶笑容，他的嘴唇又動了，這回的動作和剛才不一樣。伊萬諾夫再次讀他的唇語，這次共有七個字：你、有、鍛、鍊、腦、袋、嗎——你有鍛鍊腦袋嗎？

你有鍛鍊腦袋嗎？腦袋？鍛鍊？什麼意思？

林用食指勾住刀子的護手，姿勢活像舉槍。該不會——伊萬諾夫心念一動，但當他察覺時已經太遲，林採取了行動。

槍聲響起。

不知從哪裡飛來的子彈擊中伊萬諾夫的眉心。伊萬諾夫的雙手鬆開林的脖子，身體逐漸往後倒，巨大的身軀砰一聲沉落地板。

林一面咳嗽，一面說道：「……看來你的腦袋沒鍛鍊。」

剛才究竟發生什麼事？

刀子裡似乎飛出子彈，那不是幻覺。張說林的武器是刀子，原來那並不是普通的刀子？

朦朧的意識中傳來林的聲音。

「哦，這個啊？你不知道嗎？中國的八十二式二型匕首槍。」

匕首槍？匕首型的手槍嗎？

林轉動著刀子，得意洋洋地笑了。

「既然是職業殺手，勸你最好記住世界各地的武器特徵。」

宗方坐在車裡看報紙，那是西日本的地方報紙，其中有則眼熟的報導。內容是今晨於福岡市內的飯店發現一具女屍，警方正在搜索投宿該客房的男子下落。由於過去發生的兩起案子也是採用同樣的殺人手法，警方研判是同一名男子所為。只要這個男人被逮捕，過去的案子便可以一併了結，這樣一來，就不用擔心媒體會盯上市長的兒子。解決了一個問題，讓宗方放下心裡的大石頭。

宗方看了手錶一眼。差不多是麗子和紫乃原換班的時間。伊萬諾夫去殺華九會的殺手，已經過了三十分鐘，應該收工了吧？宗方決定聯絡他。

打了電話，伊萬諾夫卻遲遲未接聽。鈴聲持續作響，就在宗方打算掛斷時，電話總算接通。

宗方露出冷笑問：「怎麼樣？他死了嗎？」

七局下

好險。

林調整紊亂的氣息，擦拭額頭上的冷汗。那個王八蛋，居然用蠻力勒頸——林瞪著大漢的屍體。喉嚨仍有被手指掐著的感覺，令他忍不住一再撫摸脖子。

這時候，手機的震動聲響起，是從大漢的懷裡傳來的。林擅自掏出手機察看，來電者是「M」。居然只有英文簡稱，情報管理得真徹底，林不禁感到佩服。

林接起電話。

『怎麼樣？他死了嗎？』傳來的是男人的聲音。

所謂的「他」應該是指我吧——林立刻意會過來。他故意配合對方，或許能夠套出什麼情報來。

「嗯。」我才沒死咧，王八蛋。「我殺掉他了。」

『怎麼這麼慢？』

「沒想到他還挺厲害的。」

此時，男人沉默下來，過了片刻才開口：『欸，鈴木。』

「幹嘛？」

『你是誰？』

「什……」林的心臟猛然一震。「什麼意思？」

『這支手機的主人不叫鈴木。』

來這招？

對方八成從一開始就發現，林被耍了。

『你就是張旗下的殺手？』

「嗯，沒錯。」林老實承認。要繼續蒙混下去是不可能的。「張那個王八蛋委託你們殺我？」

男人並未肯定，亦未否定。『這支電話的主人怎麼了？』

「你說呢？」

男人的聲音變得尖銳起來。『快回答。』

電話裡的男人是這個大漢的雇主嗎？不過看他如此擔心大漢的安危，關係似乎很親近，或許是同夥吧。

『你現在人在哪裡？』

「我怎麼可能告訴你？」有哪個白痴會說出來？

『不，不需要你告訴我，反追蹤已經完成了。你好像還在華九會的事務所裡。』

「混蛋！」林啐了一聲。「原來你故意聊天拖時間？」

『這樣啊，你果然在事務所裡。』

「啊！」

林再度咋舌。他上當了，對方只是在套話。

『你的嗓子都啞了，而且氣喘吁吁，是受了傷嗎？看樣子應該逃不遠。』這個男人腦袋很靈光，聲音也很沉著。『我現在立刻去找你，把脖子洗乾淨等著吧。』

「混蛋！」

林掛斷電話。他必須快點逃走，但是刀子深深刺入側腹，一走動便有一陣劇痛竄過，腳步踉踉蹌蹌。糟糕，要是不快點離開這裡，那個男人就來了。他必須逃走，可是他走不動。

這時候，事務所的門突然打開。

林立刻擺出迎戰架式。追兵已經來了嗎？他臉色發青，然而並非如此。

出現的是個意外人物。

「……馬、馬場？」

是那個偵探，馬場善治。

馬場環顧四周，面露苦笑。「哇，這裡被你鬧得天翻地覆。」

「你怎麼會跑來這裡——」

馬場並未回答。「那支手機借我一下。」

「咦？」

「手機。說不定有GPS。」

馬場從林的手中搶過大漢的手機，關掉電源，並收進自己的懷裡。

「你是怎麼找到這裡來的？你跟蹤我？」

「紅背蜘蛛。」

「啊？」

「附帶發訊器的竊聽器。」說著，馬場觸摸林的衣領，摘下一個蜘蛛形狀的小型竊聽器。林完全沒發現身上被裝了這個東西。

「你是什麼時候……」

「趁你呼呼大睡的時候。」

這回馬場改把竊聽器裝在大漢的衣領上。

林和馬場一起離開張的事務所。

在電梯裡，馬場問道：「你不要緊唄？」

「沒什麼大不了的。」

老實說，林就連站著都很吃力。在他踉蹌而行之際，馬場回過頭來問：「怎麼慢吞吞的？要是你走不動，我背你唄？」

「囉唆，不必了。」

大樓前停著一輛車，是紅底加上兩道白線的 Mini Cooper，似乎是馬場的車。馬場打開後座車門說：「來，快坐進去唄，走為上策。」

林感到躊躇。這個男人究竟在想什麼？為何幫他？善意的背後是不是另有圖謀？林忍不住揣測對方的意圖。馬場實在太過親切，反而顯得詭異。

「你為什麼幫我？」

林帶著警戒心畢露的表情詢問，馬場破顏微笑：「博多人都很雞婆。」他真是個難以捉摸的男人。

繼續留在這裡，只會被電話裡那個叫「M」的男人捉住。林決定乖乖上車。他躺在座椅上，急促地呼吸。

林一面隨著車子搖晃一面尋思：自己到底在做什麼？妹妹被殺，他被組織騙得團團轉，還讓張給逃了。到頭來，他連殺妹仇人的線索都沒找到。林覺得自己好窩囊，淚水自然而然奪眶而出。

等紅燈時，他透過後照鏡與馬場四目相交。馬場瞇起眼睛。

「別哭了。」

「我沒哭。」

他費了好大一番勁才回答出這麼一句話。

雖然憶起些許片段，但齊藤依然不知如何是好，在街上四處徘徊。當他跑到家電量販店避難時，背後傳來一道聲音：『嫌犯是上班族伊藤卓也。』雖說是假名，但突然被點名，齊藤不禁驚訝地回過頭。只見並排的數台大型電視上，正好映出自己的臉孔。他有種被眾人指指點點的感覺，連忙衝出店門。

在那之後，飯店裡的女人遺體似乎被發現了，而自己立刻成了搜索中的嫌犯。

齊藤在百圓商店買了口罩和眼鏡遮臉，這回改為逃進速食店。心臟不斷地撲通撲通跳動。

該怎麼辦？齊藤六神無主。再這樣下去，被逮捕只是時間的問題。就算向警察解釋自己是清白的，又有誰會相信？一旦被逮捕，他的人生就完了。

誰來幫幫忙吧！齊藤搜尋手機電話簿找救兵。要打電話給誰？父母？不，不行，他不想讓他們擔心。朋友？不，不成，他根本沒有可以商量這種事的朋友。

突然，一個電話號碼映入眼簾，是「Bar. Babylon」的電話號碼。對，只有內行人才知道怎麼處理內行事，他們或許能幫忙。長褲的後袋裡塞了幾張名片，有昨晚去過的酒店名片，還有復仇專家次郎給他的名片，名片上印有 Babylon 的住址。中洲一丁目，離這裡很近，去看看吧。去了並不能改變什麼，齊藤依然是通緝犯，不過這種緊急狀況他們應該已經司空見慣，或許能夠提供有效的解決方案。

次郎經營的酒吧 Babylon 位於丸源大樓二樓的盡頭，雖然掛著「Close」的牌子，但門並未上鎖。齊藤敲了敲門之後，打開了門。

店裡並不寬敞，氣氛幽靜，有五個吧檯座位，兩個桌位，大概是只供常客享受悠閒時光的店。一隻黑貓在吧檯上洗臉，次郎就在牠的身旁按計算機，似乎是在計算營業額。

「對不起，我們還在準備中。」察覺客人上門，次郎抬起頭來，發現來者是齊藤後有些驚訝。「哎呀，這不是齊藤嗎？」

「次郎先生，請幫幫我！」齊藤的聲音帶有淚意。

「哎呀，怎麼了？不要緊吧？」

「老實說——」

齊藤說明了事情的經過。次郎倒了兩杯烏龍茶，並把其中一杯遞給齊藤。

「真糟糕啊。」

「後來我就記不得了，醒來以後，發現自己躺在飯店的客房裡。」

「而身旁有個死掉的女人？」

「對。」

次郎皺起眉頭。「你被陷害了，好可憐。」

「陷害？」

「有人強姦殺人，卻要你背黑鍋。犯下殺人罪的另有其人，你遇上的女人八成是在替那個人脫罪。」

那他該怎麼辦？齊藤坐在吧檯前抱頭苦惱。為什麼會遇上這種事？他不該來福岡的。不，他根本不該進那種公司工作。不不不，追根究柢，打從一開始他就不該通過那家公司的考試。面試時，面對『你會怎麼殺人？』這個問題，他應該回答不知道，應該回答他無法殺人就好。他不該標新立異，提出與眾不同的答案。『我沒有那個膽量，也沒有那個本事，如果我真的很想殺某個人，我會付錢請別人替我動手。』假如自己當時沒說這種蠢話就好了。

……不，等等。

抱頭苦惱的齊藤突然抬起頭來。

『我沒有那個膽量，也沒有那個本事，如果我真的很想殺某個人，我會付錢請別人替我動手。』

『我沒有那個膽量，也沒有那個本事，如果我真的很想殺某個人，我會付錢請別人替我——』

就是這樣！齊藤靈機一動。原來還有這招啊！他捶了吧檯一拳。

「……次郎先生，我有事想拜託你。」

「唔？什麼事？」

「請你幫我報仇。」

自己辦不到，付錢請別人做不就行了？

次郎瞪大眼睛。「這話是什麼意思？齊藤。」

「次郎先生，你是復仇專家吧？那請你幫我報仇，幫我把黑鍋丟回去給讓我背黑鍋的犯人。別擔心，我有錢，公司剛匯酬勞給我。」

齊藤出示戶頭的餘額明細表。

「原來如此，是這個意思啊。好，你的委託我接了。」次郎爽快地答應。在這個業界，金錢就是一切。

「你大概沒有其他地方可去吧？可以暫時躲在這裡喔。」

「可以嗎！」

「嗯，警察不會來我們店裡。」

「警察不會來？」

「我們有個關係很好的刑警，你儘管放心。」

「啊，謝謝你，次郎先生。」

可疑的人妖如今看起來宛若菩薩。

次郎詫異地歪了歪頭。「對了，齊藤，像你這樣的普通人，怎麼會在Murder Inc.工作呢？」

齊藤把求職面試時提到頭部觸身球、調職到福岡等過程，全都一五一十地告訴次郎。次郎苦笑道：「真是災難啊。」沒錯，真的是災難。

「話說回來，沒想到你從前居然是那所名校的王牌投手。」

次郎顯得十分驚訝，但這件事有那麼值得驚訝嗎？確實，從齊藤現在的模樣，應該完全無法想像吧。

「次郎先生，那你呢？為什麼會從事這一行？」

「我本來也是做一般行業的，是在當美容師。」

聽了「美容師」三字，齊藤有種恍然大悟的感覺。次郎的確很會打扮，身上也有這種氣息。

「六年前，我的情人被殺了。」

次郎的臉色黯淡下來。那個情人是男的嗎？齊藤有些好奇，但未詢問。

「凶手是殺手。我的情人被亂刀刺死，當時我恨不得殺了凶手，所以我也僱用殺手殺掉那個殺手。有人會說復仇沒有意義，只會讓天國的情人傷心，對吧？但我覺得這話說得不對。那個男人死掉的時候，我好幸福。我不是為了情人，而是為了自己報仇。我感到心滿意足。」

齊藤能夠理解他的心情。如果自己處於同樣的立場，一定也恨不得殺掉凶手。

「在這個世界上，有些罪惡是無法用法律制裁的，對吧？我想，一定也有人為了同樣的事在煩惱，所以我才從事這一行。」

次郎微微一笑。

「那個小女孩呢？」

和次郎在一起的小學生，那個小女孩為何會協助復仇專家的工作？

「哦，你說美紗紀嗎？我剛開始做這一行的時候，有人委託我打死某個男人，所以我就跑去那個男人家裡向他報仇。當時，那孩子躲在壁櫥裡目不轉睛地看著我。她渾身都是瘀青，瘦巴巴的，穿得破破爛爛，大概是被那個男人虐待吧。我很煩惱，不知道該怎麼辦。既然被她看見犯案過程，照理說應該殺死她比較好。不過，那孩子對我說了一句話。」

「什麼話？」

「『謝謝你替我打倒繼父。』」次郎聳了聳肩。「當我回過神來的時候，已經把她帶回家，替她洗澡、餵她吃飯了。」

「原來發生過這種事啊……」

次郎落寞地笑了，滿臉自責之色。

「那孩子很聰明，什麼都知道。一旦目睹過這個世界，就再也回不去普通的世界了。」

一旦目睹過這個世界，就再也回不去普通的世界了——次郎的話語宛若鉛塊般沉入齊藤的心中。自己也一樣嗎？再也無法回去過普通的生活？齊藤越想越覺得前程黯淡無光，不禁鬱悶起來。

「那孩子很拚命，害怕自己的存在妨礙我的工作。她認為一旦妨礙到我的工作就會被拋棄或是被殺掉，所以一直努力幫我的忙。而我居然因為這樣就讓那麼小的孩子幫忙做這種工作，真是太差勁了。」

對於次郎的這番話，齊藤無法點頭贊同。

八局上

接聽伊萬諾夫電話的人是個陌生男子。他的聲音以男人而言稍嫌高了些，聽起來很年輕。張說過想教訓某個小鬼，電話中的男人八成就是華九會旗下那個姓林的殺手。

宗方開車趕往華九會的事務所，同時聯絡麗子，要她立刻前往現場。等紅燈的期間，宗方反覆思索。到底是怎麼回事？為何接電話的是林？難道伊萬諾夫死了？被那個男人殺了？怎麼可能？不會的，伊萬諾夫豈會死在一個小鬼手上？或許只是弄丟手機也說不定。可是，宗方不認為伊萬諾夫會出這種紕漏。不愉快的想像充斥腦中，宗方搖了搖頭，甩開這些念頭。

「……不，還不能確定。」

宗方喃喃說道，像是在說服自己。現在還不該認定伊萬諾夫已死。

話說回來，這個號誌未免太久了吧？從剛才就一直是紅燈，已經等超過五分鐘。不，或許是因為心情著急，所以感覺特別久？燈號轉為綠燈，車子往前進，但下一個號誌又在宗方面前變成紅燈，活像是有人故意把燈號變紅一般。

每到路口，宗方就被號誌攔路，不到十分鐘的車程，卻花了三十分鐘才抵達事務所。他到場時，林已經逃逸無蹤。

屋裡是一片血海，地上有五具屍體，其中兩具是刺殺，三具是槍殺。張和他的兩個小弟待在房間裡。

「我太失望了。」見到宗方，張一臉不悅地說道：「您派來的殺手似乎沒什麼本事。」

張望向通往隔壁房間的門。宗方有股不祥的預感，連忙打開門，只見伊萬諾夫倒在房間正中央，已經死了。天啊！宗方一陣暈眩。

張和小弟在宗方身旁凝視著電視畫面，「快轉」、「倒帶」等詞語傳入耳中，似乎是在觀看錄影帶，八成是監視器影片。畫面上映出事務所的出入口，宗方也和他們一起確認影片。

影片中首先出現一名年輕女子，宗方詢問張這是誰，張說是林。林不是男人嗎？接著到來的是伊萬諾夫。過了片刻後，一個身材修長的男人來了，這個男人和渾身是血的林一起離開事務所。兩人是同夥嗎？

張的表情相當陰沉，厲聲對小弟們下令：

「無論用什麼手段，都要殺了這兩個傢伙。僱用博多最厲害的殺手，要多少錢都沒問題。」

一個小弟點了點頭，立即領命離去。

「請等一下，張先生。」宗方開口，「這個工作能不能交給我們？」

同事，同時是重要的夥伴被殺，宗方不能袖手旁觀。

「你們做得到嗎？」那是種輕蔑的口吻。

「當然。」這是個蠢問題，殺手的工作就是殺人。

「哎，無妨，不過我有個條件：不能殺了他們，必須活捉帶到我面前。還有，我們自己也會採取行動，如果比你們搶先找到並殺掉他們，請勿見怪。」

「……我明白了。」

在宗方如此回答時，麗子抵達事務所。見到伊萬諾夫的遺體，麗子也難掩驚訝之色。

宗方將伊萬諾夫的遺體搬到車邊。抱著上百公斤的巨大身軀走路是件苦差事，但他不在乎。他原本想把遺體放進後車廂，可是太大放不下，只好折疊起來放到後座。宗方坐進駕駛座，麗子則是坐上副駕駛座。

宗方的頭抵著方向盤說：

「……早知道會變成這樣，就不應該讓伊萬諾夫自己去。」

他猛抓腦袋。伊萬諾夫是因為他的誤判而死，他太小看那個殺手。

「不是你的錯。」麗子的口吻相當沉著。「對手是殺手，和平時我們對付的普通人或流氓不同。只獵過兔子的獵人，哪能一下子就獵熊？連伊萬諾夫都敵不過的對手，就算我們在場，結果也不會改變。」

「他居然會輸，妳相信嗎？對方肯定是用了什麼卑鄙手段，趁他不備偷偷開槍射殺他。如果我們在場，他就不會死了。」

「不是的。」麗子轉過頭。「你看，伊萬諾夫的手臂上有防禦性傷口。對方是和他正面對峙，打近身戰贏過他的。」

麗子說的不無道理，但宗方就是無法停止自責。

「那個姓林的殺手很有本事，居然殺得了伊萬諾夫這麼厲害的殺手。難道他就是傳說中的『仁和加武士』？」

「不，不是。」宗方無力地搖頭。伊萬諾夫是被開槍打穿額頭。「那種殺人手法不是仁和加武士。」

「是嗎？」

「我知道。」因為宗方見過仁和加武士。「仁和加武士不用槍。」

就在此時，電話響了，來電畫面上顯示的文字是「兒子」。是祐介。宗方煩躁地嘆一口氣。「是變態兒子打來的。」

『欸，宗方先生～』一接起電話，依然充滿愚蠢氣息的聲音便傳入耳中。『下一個女孩子還沒準備好嗎～？我已經忍不住了～』

「我現在很忙，以後再說！」宗方忍不住叫道。

「給我聽吧。」麗子看不下去，從旁拿走電話。「我現在就聯絡仲介幫你買，你乖乖等著。」

麗子掛斷電話後，宗方粗聲說道：

「那個小鬼的性慾是怎麼搞的？未免太異常了。現在要我殺死他也沒問題，這樣既可以減少多餘的工作，對這個社會也有好處。」

「冷靜下來，你最好休息一下，去補個眠吧。」

「不行。」護衛市長、替市長的兒子擦屁股，光是這些事就夠他忙的了，現在又多出替夥伴報仇這一項，根本無暇休息。不過，這不重要。「沒找到林和他的同夥，我睡不著。」

麗子用宗方的手機撥打電話。「……沒響。」

「怎麼了？」

「伊萬諾夫的手機沒響。」

但應該沒掉在事務所才對。

「他們把手機帶走了嗎？」

「八成是。」麗子又撥了通電話。「啊，喂？紫乃原嗎？你現在有空嗎？立刻替我查一下伊萬諾夫的手機ＧＰＳ紀錄。」

八局下

林後來似乎昏迷了。當他醒來時，映入眼簾的是熟悉的景色。是馬場偵探事務所，依然凌亂無比。林躺在床上，身上的衣服換成一套黑色運動衫，尺寸很寬鬆，大概是馬場的。腹部的傷口纏著繃帶，不知是什麼時候包紮的。

「沒事了，我請醫生來看過。」

馬場的聲音傳來，他就在旁邊望著林。

林緩緩地撐起上半身，傷口隱隱作痛。在他打算爬下床時，馬場制止他。

「還不能動。」

「……我得走了。」

「你傷成這樣，要去哪裡？」

那還用問？當然是報仇。既然裝了竊聽器，馬場應該也知道事情的來龍去脈。

「我要去殺了害死我妹妹的凶手。」

「怎麼殺？」

「還能怎麼殺？就像平時那樣殺啊。」這和林平時的工作沒有兩樣，白刀子進、紅刀子出，了結一切。

聞言，林猛省過來。

「你要殺誰？你知道害死你妹妹的凶手是誰？在哪裡麼？」

過去他都是照著張的吩咐辦事，目標的名字、相貌和住址，張都替他調查好了，他只須動手殺死對方即可。然而，現在情況不一樣。

「你老是一副自己一個人可以搞定一切的樣子，但人是不能獨自過活的。」

馬場的話深深刺入胸口。

「……就算是這樣，我還是得獨自活下去。」

林已經沒有家人。母親死了，妹妹也被殺害。

馬場對他微微一笑。

「你最好學會向人求助。」

「求助？蠢斃了。」林鄙夷地說道。就算向人求助，誰肯幫他？「還是說你肯幫我？」

「我不是說過，如果你遇上麻煩，我會幫你的麼？」

「你只是嘴上說說而已。」

「我不說自己做不到的事。」

「哈！」林嗤之以鼻。「那你就替我找出凶手，找出那個殺死我妹妹的變態渾球啊！」

馬場眨了眨一隻眼睛。「交給我，身家調查是偵探的看家本領。」

這時候，敲門聲響起。

「這裡還是一樣亂。」

隨著這句啼笑皆非的話語，一名男人現身。他的年齡大約四十來歲，短髮寬肩，體型活像橄欖球或美式足球隊員。馬場稱呼他為「重松大哥」。

這個名叫重松的男人發現床上的林，露出錯愕的表情。「喂喂喂，馬場，這是怎麼回事？我都不知道你包養了一個女人。」

「他不是女的，是男的。」

「這樣問題更大吧。」

「重松大哥，你仔細看看這孩子的脖子。」

「脖子？」重松靠近林，端詳他的脖子，隨即瞪大眼睛。「這該不會是……」

「看什麼看？我的脖子怎麼了？」

林皺起眉頭。他們到底在說什麼？只有自己在狀況外。

「你這些瘀青是怎麼來的？」重松詢問。

「瘀青？哦。」

八成是被那個大漢勒頸時留下的瘀青，但林不知該如何回答，向馬場使了個眼色。馬場笑著點了點頭，示意「照實說沒關係」，因此林便老實說出原因。

「我被殺手攻擊，不過對方反而栽在我手上。」

「什麼樣的殺手？」

「是個很高大的男人，大概有兩米左右。他好像還有同夥。」答完之後，林瞥了馬場一眼。「欸，這個大叔是誰？」

「刑警。」

「刑警？」林忍不住扯開嗓門，倏地臉上血色全失。「你該不會把我賣了吧？」

林以為自己被出賣了，然而事實並非如此。重松面露苦笑：「別擔心，我沒打算逮捕你。」

「不要緊，重松大哥是個對殺手很寬容的刑警。我請他調查殺了你妹妹的男人。」

「拿去。」重松遞出一疊紙。「這是你要的搜查資料。」

「謝啦。」馬場接過資料。

「凶手的名字是伊藤卓也。昨晚，這個男人在中洲狂歡，喝得爛醉如泥，當時的目擊者也有提供資訊。伊藤連跑了幾間摸奶吧、性感吧和哈燒吧——」

「等等。」林出聲問道：「什麼是摸奶吧？」

「可以摸女人奶子的店。」回答的是馬場。

「性感吧呢？」

「可以摸女人奶子的店。」

「哈燒吧呢？」

「可以摸女人奶子的店。明白了嗎？」

「……我非常明白這傢伙有多麼喜歡奶子了。」

「哪個男人不喜歡？」重松說道。

「我比較喜歡屁股。」馬場反駁。

「誰管你啊！」這根本不重要。

重松清了清喉嚨，回到正題。「只不過有點奇怪。」

「奇怪？哪裡奇怪？」

「過去也發生過兩起相似的案子，兩者都是把女人的屍體扔在野外，只有這次不知道是什麼緣故，竟然放在飯店的客房裡。不僅如此，這個叫伊藤的上班族似乎是剛轉調到福岡來。我調查過了，上個禮拜他確實搭乘過新幹線。前兩起案子發生的時候，他人還在東京。」

「的確很奇怪。」

「對吧？哎，我查得到的只有這些了。」

「謝啦，重松大哥。」

「如果還有其他問題，儘管聯絡我。」重松留下這句話便離去。

兩人閱讀重松留下的資料。內容剛才已經被他說完了，沒有其他有用的資訊。

「到頭來還是一點收穫也沒有。」林聳了聳肩。

「不，收穫很多。」

「是嗎？」林半信半疑。

「從重松大哥所說的話來推測，有兩種可能。一種是殺害你妹妹的凶手和前兩起案子的凶手不是同一人，另一種是這三起案子的凶手都是同一人，這個叫伊藤的嫌犯只是被拖下水而已。」

「就算知道這些，要怎麼找出凶手？」

「明太子就行了。」馬場突然冒出一句風馬牛不相及的話。

「啊？明太子？」

「酬勞。給我明太子五年份，我就接下這個委託。」

馬場開始撥打電話。

重松離去三十分鐘後，敲門聲又響起，這次出現的是個年輕男人。不，由於長長的瀏海遮去他的半張臉，看不出他年不年輕，不過他打扮得很花俏，充滿青春活力。馬場叫他「榎田老弟」。

這個叫榎田的男人一看見林，便歪嘴笑道：「你就是林憲明？真是多災多難。」

林看著馬場問：「喂，馬場，這個蘑菇頭是誰？」

「榎田老弟，是情報販子。」

「情報販子？」

榎田從背包裡拿出筆記型電腦。

「欸，林老弟，華九會的人很生氣耶。為了殺你，他們打算僱用博多最厲害的殺手。」

「很好，來一個我就殺一個。」林嘴上逞強，肚子上的傷口卻又開始發疼。若是對上一般人倒也罷了，在這種狀態下，自己能夠與殺手抗衡嗎？林難以消除這股不安。

「我照著馬場大哥的吩咐，檢查了手機裡的資料。」說著，榎田把手機遞給馬場。是那個大漢的手機。「我把刪除的簡訊全部復原了，但是裡頭沒有留下任何證據。重要的事情好像都是用電話聯絡。」

「這樣呀，真遺憾。」

「哎，別那麼失望嘛，我怎麼可能兩手空空就跑來這裡呢？」榎田得意洋洋地用鼻子哼了一聲。「我檢查過伊藤卓也投宿飯店的監視器，發現一些很有意思的畫面。」

說著，榎田打開電腦，畫面上開始播放影片，是對著飯店某層樓電梯所拍攝的。榎田一面用手指指示一面說明：「看這邊，起先伊藤是和一個女人一起出現。這個時候的伊藤已經喝得醉醺醺。」

的確，影片中的男人是被女人半拖著走。

「這個女人和照片上的那個女人長得很像呀，就是和市長、張在一起的那個。」

「我比對過了，幾乎可以確定是同一個人。」

接著，榎田稍微快轉之後，又停了下來。「三十分鐘後，有個戴著眼罩的男人來了，拖著一個很大的行李箱。」

「真的，應該裝得下人唄。」

該不會——林如此暗想。「僑梅就是被裝在這個行李箱裡運來的嗎？」

「八成是。」

「在別處殺掉之後運來這裡，代表伊藤只是遭受無妄之災，真可憐。」

「十分鐘後，剛才的女人和眼罩男拖著行李箱回去。之後還有拍到伊藤一大早驚慌失措地逃走的模樣。」

「幹嘛做這麼麻煩的事？」

「很簡單。」榎田回答：「因為他們想幫真凶脫罪。」

「市長僱用的殺手參與這件事……難道殺了女人的是原田市長？」

「他應該沒空幹這種事吧，這個時期他很忙。」榎田這回在電腦上打開聲音檔。「聽聽這個吧，這是用馬場大哥裝在大漢屍體上的竊聽器錄下的對話。」

林豎耳細聽，電腦中傳來男人的聲音。

『是變態兒子打來的……我現在很忙，以後再說！』接著是女人的聲音。『給我聽吧……我現在就聯絡仲介幫你買，你乖乖等著。』最後又是男人的聲音。『那個小鬼的性慾是怎麼搞的？未免太異常了。』

林對男人的聲音有印象，是電話中的那個男人。

「他們提到變態兒子。」

「沒錯，市長有個獨生子，名字叫做原田祐介，是大學生。這傢伙似乎相當調皮搗蛋，在某些人之間很出名。聽說他犯了不少罪，都是靠著父親的財力和權勢硬是壓下來。」

仲介、買、變態兒子、性慾、異常——從這些單字聯想，他們是透過人蛇集團購買女人來滿足變態兒子的異常性慾。

「就是這個叫原田祐介的人渣買下我妹，而且殺了她？」

「八成是。居中牽線的就是華九會。」

是張搞的鬼，絕對要宰了他！林緊咬嘴唇，從床上跳起來。

馬場抓住林的肩膀。「等等，你想去哪裡？」

「去殺掉市長的兒子。」林將視線從馬場移至榎田身上。「喂，蘑菇頭，既然你是情報販子，應該知道那個人渣兒子在哪裡吧？」

「要查也不是不行，不過警備應該很嚴密，如果你正面硬闖，馬上會被市長僱用的殺手幹掉，勸你打消念頭吧。」

「我又不是白痴，自有計策。」

「計策？」

「照原田祐介的性癖看來，市長的手下一定還會跟華九會買賣人口，我就利用這一點。我可以冒充華九會的人進行交易。」

「可是，要進行交易，必須有女人才行耶。」

「這裡就有現成的女人。」

「……該不會……」

「沒錯，我扮成女人被賣掉，潛入敵營，趁著和人渣兒子獨處的時候殺了他。」不過這個計畫無法獨力實行，林低頭懇求馬場和榎田。「請你們幫我，拜託。」

馬場一臉為難。「這個作戰風險太大了，你鐵定無法全身而退。」

林無所謂。「只要能夠殺掉那傢伙就夠了。」

馬場微微地嘆了口氣，把手放在林的頭上笑道：「別說這種讓人聽了就難過的話，也想個脫身的辦法唄。」

「……好吧。不過，要是你們遇上危險就別管我了，知道嗎？」

馬場並未點頭。「榎田老弟，看是要竊聽或入侵都行，能替我查出下次交易的時間和地點麼？」

「ＯＫ。」榎田顯得樂不可支。

送林回家之後，馬場將車子停在中洲的停車場裡，來到常去的路邊攤。路邊攤的店名叫做「小源」，老闆名叫源造，馬場都叫他「老爹」。源造早已年過五十，稀疏的頭髮正好印證了此事。

「哦，是馬場呀？歡迎光臨。」源造帶著滿面笑容迎接馬場。他是瞇瞇眼，一笑起來整張臉上都是皺紋。「老樣子就行了唄？」

「啥老樣子，這裡也只賣拉麵而已。」

「還有啤酒呀。」

「啤酒就免了，我開車來的，給我拉麵和冰水。」

源造是路邊攤老闆，同時是這個業界知名的殺手仲介，替許多自由殺手安排工作。

「欸。」源造壓低聲音說道：「老實說，今天華九會委託我一件不得了的事。」

「華九會？」是林受僱的組織。馬場一面咀嚼拉麵一面回答：「你說的華九會就是那個靠買賣人口賺大錢的華裔黑道組織？」

源造一臉欽佩地點了點頭。

「真有你的，居然知道。你說得沒錯，華九會透過人蛇集團網羅小孩，讓他們接受殺人的菁英教育，還安排其中特別優秀的孩子到自己的組織旗下當殺手。」

「哦？」

「不過，那個殺手造反了。」

「造反？」

「他反抗組織，殺了好幾個組員。聽說是為錢鬧翻的。」

源造說的顯然是林，這件事馬場已經知道了。「真是多災多難呀。」

「所以華九會找上我，要我介紹自由殺手給他們。大概覺得與其從頭培育新人，不如從別的地方聘用戰績輝煌的老手當即戰力唄。」

「原來如此。」

「該驚訝的在後頭。」源造把臉湊過來。

「啥？」

「我剛才說的那個不得了的委託，是要我殺掉兩個男人。第一個人是華九會的前殺手，林憲明。」

源造放了張照片在拉麵旁邊。

「第二個人是你，馬場善治。」

照片上是逃離華九會事務所的林和馬場，大概是監視器畫面的沖洗照片。

源造露出啼笑皆非的表情說：

「你這小子真是的，又在自找麻煩，真拿你沒轍。」

「嘿嘿～」馬場只能打哈哈。

「華九會要我介紹最厲害的殺手，和我簽約的殺手裡，最厲害又最適合獵殺殺手的人——就是仁和加武士。」

仁和加武士是源造媒合工作的殺手之一。知道仁和加武士存在的人少之又少，而這些人全都不惜重金委託這名殺手殺手。

「哎，我想也是。」

「我不希望你死，但接下的委託又不能不達成。欸，馬場，我該怎麼辦？可以介紹仁和加武士給華九會麼？」

馬場毫不猶豫地回答：「嗯，行呀，就介紹唄。」

「你沒瘋唄？」源造大吃一驚。也難怪他有這種反應。「這是要殺你的委託呀。你打算怎麼辦？」

「就裝死唄。」

源造聳了聳肩。「小心點，別弄假成真。」

「當然。」馬場舉手回應。「謝謝招待。」

馬場填飽肚皮後，造訪了位於渡邊路旁的佐伯美容整形診所。這是一間小診所，想當然耳，這個時間已經打烊了，但馬場不是來接受診療的。他認識這裡的院長佐伯，在地下工作方面受到佐伯不少幫助。

「佐伯醫生，今天真謝謝你，幫了我大忙。」

替林治療傷口的就是佐伯。聽聞馬場道謝，他面露苦笑。

「會帶刀傷患者來整形外科的，大概只有馬場先生了。」

「我找不到其他肯幫我看診的地方呀。」

「這次有什麼事嗎？」

「有件事想拜託醫生。」

診所裡沒有患者，也沒有護理師。在這個時段，向來只有佐伯一人。不過，今天卻有位先來的客人，一道開朗的聲音從診察室裡傳來。

「哎呀，這不是馬場嗎？」

馬場認識這個男人。「次郎？你來這裡幹啥？」

「討厭，女人來美容整形診所的理由當然只有一個啊，就是想變漂亮。」

「他是來棄屍的。」

佐伯代他回答。佐伯年約三十五、六歲，留著七三分髮型，戴著眼鏡，無論對方比自己年長或年幼，都用敬語說話。由於他的外貌、性格皆認真溫和，待人接物也和藹可親，沒人想得到他暗地裡居然從事「屍體處理師」這種駭人的工作。

「棄啥屍？」

馬場窺探診察室。診察台上躺著一具屍體，頭顱與身體分了家。

「是個男孩子，很年輕，高中生。」

馬場想到一個好點子。他向次郎提議：「欸，這具屍體可不可以賣給我？」

「可以啊。不過眼睛已經廢了耶，頭顱也砍下來了。」

「這樣正好。」

「你要用來做什麼？」

「裝死。」馬場突然想起一事。「對了，次郎，我想向某個人報仇，可以拜託你麼？」

「只要你開口，當然沒問題。是誰？」

「市長的兒子。」

「哎呀，市長的？發生什麼事？」

「我朋友的妹妹被他姦殺。現在新聞不也在報導麼？飯店裡發現了中國留學生的遺體。那件案子的凶手其實是市長的兒子。」

「等等，馬場。」次郎臉上的笑容消失了，他露出認真的表情探出身子。「那件事能不能說得更詳細一點？」

「怎麼了？」

「不瞞你說，我有個認識的人被扯進這件案子裡。他說他一覺醒來，發現自己身在飯店裡，有個女孩死在床上。」

「哎呀呀～」真是奇遇。「這個世界還真小。」

次郎心有戚戚焉地點了點頭。「就是說啊。」

九局上

數小時後，麗子收到紫乃原的聯絡。

『伊萬大哥的手機好像被關機，紀錄一直是中斷的，只在一個地方有反應，就是蓋茲大樓的網咖。』

也就是說，手機曾經在這個地方開過一次機。

『我拜託警察調出那個時段的網咖監視器畫面，現在就把影片傳給妳。』

電話掛斷了，片刻過後。麗子收到一封簡訊，簡訊中附上幾個影片檔。宗方和麗子把車子停在附近的停車場裡，仔仔細細地逐一確認。

看到第三個影片檔時，宗方有了反應。他指著影片中走在通道上的修長男子。

「就是這個男人。」

「什麼？」

「和林一起逃走的男人。華九會事務所的監視器也有拍到他。」

這個男人在某個隔間前停下腳步，敲了敲門。隔間裡是另一個男人，頂著染成白金色的蘑菇頭，打扮得相當花俏。他們遞接某樣物品，似乎是手機。

「所以伊萬諾夫的手機在這小子手上？」

兩個男人在隔間裡交談，不知在說什麼。這種時候，若是伊萬諾夫在場就好了，他懂唇語。

「總之，先去逮這個男人。」

身材修長的男子已經離開網咖，但蘑菇頭男子或許仍然留在網咖隔間裡。宗方轉動方向盤，掉頭朝著中洲駛去。

那個男人並不在網咖裡。詢問店員，店員說他有事外出，於是宗方和麗子便留下來監視店門口。

過了一陣子以後，有個男人搭乘電梯下樓來。從相貌判斷，就是監視器影片中的那個男人。

麗子擋在男人面前，宗方則是悄悄從後方靠近，用槍口抵著男人的背部威脅：「別動。」並順勢將男人拉進附近的多功能廁所。男人乖乖遵從，並未抵抗。

「你叫什麼名字？」

「榎田。」男人回答。他的臉龐被長長的瀏海遮住，看不出表情，但聲音一派鎮定。「找我有什麼事？」

「榎田，你身上有別人的手機吧？」

「哦，原來如此。」榎田發出恍然大悟的聲音。「你們是伊萬諾夫的同夥？市長僱用的殺手。」

宗方難掩動搖之色。這個男人怎麼連這件事都知道？正當宗方狐疑之際，榎田笑道：「我是情報販子。」

麗子用槍口抵著榎田的頭。「給你一個忠告，既然你幹的是情報販子這種危險的工作，就該打扮得樸素一點。」

「啊？」

聞言，榎田突然沒頭沒腦地說：「欸，紅背蜘蛛的背部為什麼是紅色的？」

蜘蛛？他在說什麼？宗方皺起眉頭。

「你們不覺得混在普通的蜘蛛之中比較不容易被人類發現嗎？毒菇也是，顏色不要那麼鮮豔，和普通香菇一樣樸素，不就可以毒死更多人嗎？為什麼？」

誰知道？宗方暗想，這句話險些脫口而出。

「所以啊，我就在思考理由是什麼。」榎田露齒而笑。「我想一定是因為這樣比較帥吧。很搖滾！」

榎田說了句莫名其妙的話，宗方完全跟不上他的思路。

「廢話少說。不想死的話，就老實回答我的問題。」宗方沒空繼續陪榎田瘋言瘋語。他拿出一張照片給榎田看。「你認識這個男人吧？監視器有拍到他和你在一起的畫面。」

宗方原以為榎田會多僵持一會兒，沒想到他竟然立刻回答：「嗯，我認識。」

「這個男人是誰？」

「喏。」榎田朝宗方伸出掌心，大概是想要情報就拿錢來換的意思。看來這個男人並非他們的同夥，只是普通的情報販子，現在仍然保持中立。情報販子是種薄情寡義的行業，向來往錢多的一方倒。這個男人可以利用。

宗方從皮夾裡抽出幾張萬圓鈔票遞給榎田，榎田立即娓娓道來。「這個男人名叫馬場善治，是私家偵探。」

「他人在哪裡？告訴我。」

「沒這個必要，他自己會來找你們。」

「什麼意思？」

「你們知道林憲明吧？他妹妹被市長的兒子殺掉了。他打算向市長的兒子報仇，馬場正在幫他的忙。」

「你的意思是，對方會自己找上門來？什麼時候？用什麼方法？」

「喏。」榎田又伸出手。無可奈何之下，宗方添了些錢，榎田再次老實招來。「還沒決定。決定權在你們手上。」

「我們？」

「他們打算冒充人蛇集團的仲介和你們交易，打扮成被買下的女人接近市長的兒子殺了他。這就是他們的計畫。」

「原來如此。」

麗子開口問：「這個男人該怎麼辦？想問的事全都問出來了，他又知道市長和我們的關係，我認為該殺了他。」

「是嗎？我倒覺得和情報販子打好關係比較有利。」榎田無奈地攤開雙手。「要我幫忙嗎？他們信任我，引他們入甕很簡單。」

「我信不過你。」麗子依舊堅持己見。

「這樣如何？」榎田拿出智慧型手機撥打電話。「喂，馬場大哥嗎？我是榎田，我知道華九會的交易時間了。」

『啥時？』榎田開了擴音，好讓宗方他們也能聽見。

「今晚十點。他們說地點之後再聯絡。」

『我明白了，謝啦。』

「拜拜。」說完，榎田掛斷電話。「這下子你們信了吧？等我把交易地點告訴他們以後，他們就會開始實行計畫。不過，要是你們殺死我，他們的計畫就無法進行；而我突然失去聯絡，也會加強他們的戒心，到時候他們就不會輕易出現在你們的面前。」

「你的意思是，你願意協助我們，要我們饒你一命？」

「沒錯。」

這門交易並不壞。這個情報販子以後或許可以在工作方面幫上忙。唯利是圖的人反而容易操控。

「好，就照你說的去做。見面地點是三越的獅子像前，你就這麼告訴他們。」

「ＯＫ，交易成立。哎，以後我們就和睦相處吧。」說著，榎田親暱地勾住宗方和麗子的肩膀，麗子一臉厭煩地甩開他的手臂。

宗方讓榎田離開廁所。臨去前，榎田語帶玄機地說：「啊，對了、對了，聽說華九會僱了個不得了的殺手。」

「不得了的殺手？」

榎田面露賊笑。「見了面就知道。」

今晚十點，預定在獅子像前和敵人碰頭。宗方和麗子一同造訪華九會的事務所，向張報告此事。路上，他們和護衛市長的紫乃原先行會合。由於事態緊急，宗方也把他叫來了。

事務所裡不見屍體，不知是不是業者清理的，一切都已恢復原狀，乾淨得令人無法想像這裡曾是六個男人被殺害的現場。

張待在裡間，宗方等人說明了事情的經過。

「我們現在正要去和那個男人碰面，該怎麼做？」

「裝作上當的樣子，把林帶到這個地方來。」張遞了一張寫有住址的紙條過來。「這是我們名下大樓的空店鋪，牆壁是隔音的，常用來殺人或拷問。」

「我明白了。另一個叫做馬場的偵探該怎麼辦？」

「哦，這個嘛……」張微微一笑。「由他來動手吧。」

「他？」

「對，我僱了個殺手。」宗方這才想起榎田也提過這件事——華九會僱了個不得了的殺手。

「他應該快到了。」就在張瞥了手錶一眼時，敲門聲響起。「請進。」張催促。

一個男人走進房裡。他身穿黑色西裝，打著黑色領帶，活像剛參加葬禮歸來；身材高挑，手腳修長，腰間的皮帶上插著日本刀，用面具遮住臉的上半部。那是張紅色的仁和加面具。

見到那張面具的瞬間，宗方險些叫出聲來。他的心跳加速，他對這個男人再眼熟不過了。

——仁和加武士。

從前奪走宗方右眼的男人，專殺殺手的殺手。沒想到會以這種形式和這個男人再次見面。

張向仁和加武士說明原委，並交給他一張紙條，內容大概和剛才交給宗方的紙條一樣吧。

「我明白了。」仁和加武士開口說道。說來意外，他的聲音聽起來很溫和。「那我先一步到現場，監視大樓周邊。對方的同夥應該已經在那裡待命。」

說完，仁和加武士便離開。看來他似乎是要分頭行動，令宗方略微鬆一口氣。

宗方等人也離開事務所，回到車上。

「我和紫乃原現在就前往約定地點。麗子，為了預防萬一，妳去保護祐介，好好盯著他，別讓他離開屋子。」

「了解。」

宗方與紫乃原向麗子道別，坐進車裡。

紫乃原坐在副駕駛座上，興奮地說道：「哎呀，太驚人了，沒想到仁和加武士真的存在。」

宗方繫上安全帶，一臉不悅。「有什麼好高興的？這等於在說我們靠不住。」

「嗯，話是這麼說沒錯啦。不過，宗方大哥，你應該也很驚訝吧？」

「沒有。」其實他很驚訝，而且很失望。對於面對那個男人——仁和加武士時心生畏怯的自己感到驚訝與失望。

宗方看了手錶一眼，時間是九點四十分，約定時間快到了。他開車朝天神前進。又來了——他如此暗想。又是一路紅燈，宛若有人在蓄意阻擋他的去路。

九局下

仲介和市長手下下次交易的時間是今晚十點，地點是三越的獅子像前——馬場是這麼通知林的，據說是榎田查到的情報。

林回家換上女裝後，搭乘西鐵巴士前往天神。他和馬場約好在SOLARIA的大電視牆前會合。

現在是九點五十分，距離交易時間只剩十分鐘。真慢——就在林開始心浮氣躁之際，一名身穿西裝的男人向他搭訕。那個男人的襯衫胸襟大大地敞開，頭髮用髮膠梳理得整整齊齊。林還以為是哪裡來的牛郎，沒想到竟是馬場。

「抱歉、抱歉，我遲到了。花了不少時間打扮。」馬場故意沉下臉。「怎麼樣？看起來像黑道麼？」

「很像不紅的牛郎。」

「真過分。」馬場垂下肩膀。接著，他從頭到腳打量林一番，滿意地點頭。「你倒是打扮得有模有樣。」

「對吧？這是我的決勝服裝。」

馬場交代林要精心打扮，因此林穿了他最中意的花洋裝，妝也比平時化得更為仔細。

在馬場的帶領下，他們來到投幣式停車場。馬場的車就停在深處，狹窄的後座放著一個大行李箱。

「我已經假冒市長的手下，向仲介取消交易。」

榎田查出仲介的聯絡方式，並事先告知馬場。接下來馬場必須假扮仲介，和市長的手下進行交易。

馬場一面打開行李箱，一面詢問：「準備好了麼？」

林點了點頭。「嗯。」

林鑽進行李箱裡，縮起身子、抱住雙腳。雖然有點侷促，但是忍耐一陣子還不成問題。

闔上箱蓋前，馬場遞了樣東西給林。

「這是護身符，拿著唄。」

是紅背蜘蛛型竊聽器，似乎附帶發訊功能。

「如果出了啥狀況，立刻呼叫我，我會去救你。」

說著，馬場闔上行李箱。視野變得一片漆黑。

林在行李箱裡被拖行片刻後，突然停了下來。馬場大概抵達交易地點了。

「對不起，我遲到了。」數分鐘後，一道年輕男人的聲音傳來，八成是市長的手下。「路上塞車。」

「這是說好的貨。」這回是馬場的聲音。馬場把裝著林的行李箱交給對方。「那麼，我先失陪。」

之後，馬場會按照計畫回到車上，靠著發訊器追蹤林。林應該會被帶往市長兒子居住的大廈。待林和市長的兒子獨處，並成功暗殺對方之後，榎田會拿出他身為駭客的看家本領，讓整座大廈停電，林則趁黑逃脫——這就是他們的計畫。

突然，身體往上浮，似乎是整個行李箱被抱起來，放進車子的後車廂。引擎聲隨即響起。

車子行進了約十分鐘後便驟然停止。聽說市長的兒子居住的大廈位於百道濱，沒想到這麼快就抵達。後車廂開啟，林又連人帶著行李箱被抱起來，繼續拖行；片刻過後，電梯聲傳入耳中，想必是抵達大廈了。

『我帶女人來了，祐介學長。』男人的聲音響起。市長的兒子就名叫祐介。終於，這一刻終於到來了，殺妹仇人就在眼前。林的心跳因為緊張與興奮而加速，手心冒出汗水。

行李箱打開，林終於得以擺脫悶熱的密閉空間。好，人渣兒子在哪裡？林的視線四處游移。

然而，映入眼簾的景象卻教林不禁啞然失聲。

眼前並非市長的兒子。

而是張。

「又見面啦，林。」

林瞪大眼睛。

「你怎麼會在這裡——」

更令他疑惑的是，這裡究竟是哪裡？這裡並不是大廈，而是空無一物的樓層。

怎麼回事？

五個男人包圍了愕然不已的林，個個都用槍口指著他。張和他的兩個手下，還有一個右眼戴著眼罩的男人與戴眼鏡的年輕男人。五對一，林沒有勝算。

戴著眼罩的男人走過來，對林宣告：「你們的計畫全都外洩了。」

「為什麼……」

林說不出話來。為什麼？為什麼會穿幫？

「你們被那個男人騙了。情報販子向來是站在有錢人那一邊，你們太過信任他。」

情報販子？該不會是榎田吧！是他搞的鬼？他們被設計了？林咬緊嘴唇。

「別動。」

張威脅道。用不著他說，林也沒蠢到在這種狀況下輕舉妄動。張的手下拿著繩索走向林，把他的雙手反綁起來。

「真落魄啊，林。」張俯視著林。

情況不妙，這是最壞的事態發展。該怎麼辦？林焦躁不已，無法冷靜判斷。

馬場的臉龐突然浮現於腦海中。馬場說過若是出了狀況就呼叫他，他會來救林。

「馬場，你聽見了嗎？」林對著竊聽器說道：「計畫失敗了，該怎麼辦？」

然而，沒有回應。

「喂，馬場，你聽見了嗎？」

「——你說的馬場，是指這個男人嗎？」

背後突然傳來一道聲音。

回頭一看，是個男人。他和其他人一樣身穿西裝，卻又有些不同。他戴著滑稽的面具遮住臉孔，腰間佩帶著日本刀。見到他的裝扮，林立即明白他是誰了。林聽過他的傳說。

這個男人該不會就是仁和加武士吧？

仁和加武士的右手拿著某樣東西，他把那樣東西扔向林。看見滾到眼前的黑色物體，林發出不成聲的尖叫。

那是人類的頭顱，鮮血淋漓。林對那頭亂髮和那張長臉有印象，雖然雙眼廢了，但絕對錯不了。

「馬、馬場——」

林啞著嗓子叫道。這是怎麼回事？為何只剩頭顱？林震驚得眼前發黑。

「他在大樓附近鬼鬼祟祟的，所以我就先殺了他。」仁和加武士從容不迫地說。張喜形於色。「做得好。」

「不會吧！天啊——」

馬場死了？被殺了？為什麼？他為什麼死了？林握緊拳頭，捶了地板一拳。他居然死了？不是說好會來救人的嗎？馬場這個混蛋。林對著頭顱呼喚：「快救我啊，喂……你不是說你會救我的嗎？」

頭顱並未答話。沒有人會來救林了。接下來該怎麼辦？林亂無頭緒，淚水不禁奪眶而出。

「臭小鬼，我這就教教你瞧不起大人會有什麼後果。」

張連連揍了林的臉頰幾拳，但是林已經沒有反抗之心。他的肚子被踢了一腳，開始嘔吐。對於像隻毛毛蟲一樣在地上爬的自己，林感到絕望。這樣簡直和那時候一樣，和撿拾地上的剩飯那時候一模一樣。原來他一點長進也沒有嗎？

「喂！」張喜孜孜地對仁和加武士下令。「把這小子的頭也一併砍下來。」

仁和加武士默默點頭，拔出日本刀。

林凝視著頭顱——欸，馬場，我好像也要落得和你一樣的下場了。林自嘲地笑了。

看著頭顱，林突然想起馬場的話語。

『不到第九局兩人出局三好球時，不知道鹿死誰手。』

馬場是這麼說的。然而，此時林萬念俱灰，已經連動一根手指的氣力也不剩。

結果顯而易見。

比賽結束，是他輸了。

「記得，明太子五年份呀。」

突然，林似乎聽見馬場的聲音，猛然抬起頭。

他連忙望向頭顱，但是頭顱沒有任何變化。林不禁自嘲地心想：「我真是個白痴，屍體怎麼會講話？只是幻聽罷了。我還在期待什麼？」

絕望再次席捲而來。

延長賽十局上

時代劇裡常有這種場面——宗方如此暗想。切腹、斬首的場面。林雙手被綁，跪坐在地上；仁和加武士站在他的斜後方，雙手握著刀柄，將刀高高舉起。宗方想起從前被仁和加武士所殺的那個淫樂殺人魔，以及他臨死前的模樣。林人頭落地的光景不難想像。

然而，在仁和加武士舉起刀的下一秒，他的嘴唇動了，似乎在輕喃什麼。雖然宗方聽不見，但仁和加武士確實說了話。

宗方有種不祥的預感。怎麼搞的？好像不太對勁。宗方察覺事有蹊蹺，仁和加武士的握刀方式變了，刀尖朝向宗方所在的方向，姿勢不像是斬首的介錯人，倒像是握著球棒的強打者。

仁和加武士抬起一條腿，往前踏出一步。當他的腳踏上地板的同時，身子使勁扭轉，刀也跟著破風揮去。頭顱滾落地板，鮮血從切口噴發而出。

「——咦？」

發生什麼事？這到底是怎麼一回事？

宗方不禁懷疑自己的眼睛。

被砍下腦袋的是張。

在場的張的小弟和紫乃原都啞然無語，就連林也一樣。沒有人能夠理解仁和加武士砍下雇主頭顱的事實。

「你搞什麼鬼！」小弟叫道：「竟敢背叛我們！」

「背叛？」仁和加武士一面甩掉附著在刀上的血一面回答：「打從一開始，我就沒有加入你們。」

宗方僅能靠眼睛勉強追上仁和加武士的動作。在小弟們開槍之前，仁和加武士便已逼近，舉刀刺入他們的心臟。第一個人是從正面，第二個人是從背後。兩個男人同時倒地。

仁和加武士望向一臉茫然的宗方和紫乃原。紫乃原猛省過來，朝胸口伸出手。

「住手！」

宗方大叫。你不是他的對手——宗方的忠告晚了一步。紫乃原朝著十幾公尺前的仁和加武士扔出自製手榴彈。宗方立即拉開距離，躲到柱子背後，以免被捲入手榴彈的爆炸範圍之中。

仁和加武士瞬間收刀，又立刻將刀連鞘拔出腰帶，雙手握刀平舉，用棒球選手般的動作把飛來的手榴彈打回去。這是一記完美的投手強襲球，手榴彈擊中紫乃原的身體，隨即爆炸。爆炸的威力雖然不大，但要炸飛一個人已經綽綽有餘。紫乃原的肉塊四處飛散，宗方不禁咋舌。

仁和加武士把視線轉向宗方，當時的記憶復甦——隔著來福槍瞄準鏡四目相交的那一天。右眼開始發疼。該怎麼辦？宗方自問。對方想殺了自己，是玩真的。

「快逃！」大腦如此叫道。「你不是他的對手。」然而，宗方的腳卻動彈不得，和那時候一樣。又要夾著尾巴逃之夭夭嗎？如果這時候逃走，這輩子大概都擺脫不了這個男人的陰影，他可敬謝不敏。

奮戰吧！

宗方迅速地拔出槍來，扣下扳機。槍聲響了三次，但是全都被閃開。仁和加武士倏然逼近，朝著宗方揮刀；宗方及時用槍身接住刀刃，左手從腋下的槍帶中拔出另一把槍。仁和加武士也一樣，從懷裡取出某樣物品。是腰刀。對手的動作快了一步，腰刀貫穿宗方的喉嚨，鮮血噴出，染紅宗方的視野。

身體慢慢倒向右方。

手機在胸口震動，八成是麗子打來的電話。宗方突然想起她的話語。

『我們應該都會不得好死吧。』

紫乃原的手臂掉在視線前端。她說得一點也沒錯——宗方忍不住笑了。

延長賽十局下

原本擔綱主角的演員演到一半突然被拉下舞台，坐進觀眾席；少了自己的戲劇就在眼前上演，劇本和角色都與剛才截然不同。這是什麼鬧劇？我算什麼？不是主角嗎？啞然凝視著舞台的可悲演員——這就是林現在的感受。自己活像個小丑。

他完全不明白發生了什麼事。要砍自己腦袋的男人不知何故，竟然砍下張的腦袋；不僅如此，其他殺手和組員也全數被他所殺。轉眼間，林以外的人都死在武士的刀下，整個樓層化為一片血海。

殺死眼罩男之後，仁和加武士把刀刃指向林。搞什麼，原來自己還是會被殺掉啊？林做好了覺悟。然而，事實並非如此，他只是用刀將綁住林的繩索切斷而已。待林的雙手恢復自由並起身，仁和加武士便還刀入鞘，似乎無意與林爭鬥。這個男人不是敵人嗎？為什麼要幫他？林完全猜不透男人的心思，那張面具更是增添了那人的詭譎感。

「……你是誰？」林用警戒心畢露的聲音問道：「為什麼救我？」

聞言，仁和加武士歪了歪頭。

「咦？」那是道輕快詼諧的嗓音。「你沒發現呀？」

熟悉的博多腔。

該不會……不，不可能。那傢伙已經死了，頭顱就在眼前，不是嗎？

「是我啦，是我。」

仁和加武士摘下面具。

他的廬山真面目果然是馬場。

「馬、馬場！」林瞪大眼睛，高聲叫道：「你還活著！那麼，這顆頭——」

「我向屍體處理師買了顆死屍頭顱，請整形外科醫生整形成我的樣貌，又拜託當過美容師的朋友把髮型弄得和我一樣。騙到你了麼？」

騙到了。「你該不會打從一開始就是這樣計劃的吧？居然騙我。」

「抱歉，別那麼生氣唄。」馬場面露苦笑道歉，但是林依然氣憤難平。

不過，謝天謝地。林鬆一口氣，但他自己也不明白是為了什麼而鬆一口氣。是為了自己獲救？馬場沒死？還是順利殺了張？大概三者皆有吧。

「喂喂，你又鬧得天翻地覆，馬場。」門打開，一個男人現身。是那個叫重松的刑警，他帶著三名看似部下的男人。「這下子有得清理了。」

「其餘的人我現在就去收拾。」

「抱歉，馬場，總是把這些骯髒事推給你。」

「別放在心上。」

「現場就交給我吧，我會處理得妥妥當當。」

聽重松這麼說，馬場點了點頭，轉向林說：「林，站得起來麼？要走了。」

「去哪裡？」

「教訓變態兒子。」說完，馬場打了通電話。「喂？次郎麼？這邊結束了，我們現在就前往大廈。」

離開大樓，有一輛眼熟的 Mini Cooper 停在眼前，是馬場的車。馬場把日本刀立在後座，打開駕駛座的車門。這輛車是左駕車，林一面坐進右側的副駕駛座一面問道：「你到底是什麼來頭？」

「唔？」馬場歪了歪頭，活像在裝傻。

「你說你是偵探，是騙人的嗎？」

「我是偵探呀。」馬場邊發動引擎邊回答。「我是偵探，也是殺手。」

「『殺手殺手』？」

「這麼說不太正確。我碰巧連續接了幾個暗殺殺手的委託，就被這麼稱呼了。」

「別的先不說，仁和加武士是什麼鬼東西？惡搞嗎？戴這種奇怪的面具，還佩戴日本刀，幹嘛故意打扮得這麼醒目？明明是殺手。」

「這個麼……」馬場踩下油門，露齒一笑。「理由就和紅背蜘蛛的背部為啥是紅的一樣。」

林完全聽不懂他在說什麼。

藏身於次郎酒吧的期間，齊藤躺在店裡的長椅上補了個眠。次郎不知去哪裡。受人照顧卻毫無回報，實在過意不去，因此齊藤便幫忙打掃店內。就在他重複掃地及用抹布擦拭酒瓶等單調的工作時，次郎回來了。

「我找到陷害你的人了，跟我一起來吧。」次郎說道。於是，齊藤再次坐進上次那輛車。上回是後車廂，這回是副駕駛座，真是謝天謝地。

車子行駛片刻過後，福岡鐵塔映入眼簾。這一帶的夜景很美。次郎的目的地是附近的摩天大廈。面對充滿高級氣息的入口大廳，齊藤有些膽怯。

「陷害我的凶手就住在這棟大廈裡嗎？」

「對，住在最上層。」

他們搭乘大型電梯前往最上層。齊藤的心臟撲通亂跳。不知待會兒會發生什麼事？他忐忑不安。

不久，電梯門開了，有兩個人站在最上層住戶的家門前，一個穿著可愛但血跡斑斑的花洋裝，白皙的臉上有著醒目的瘀青，似乎是被毆打的痕跡；另一個身穿西裝，頭戴面具，手持日本刀，是充滿危險氣息又不搭調的雙人組。身穿西裝的男人似乎與次郎相識，一見到次郎便親暱地向他揮手。

「抱歉、抱歉，等很久了嗎？」

「不，我們剛來。」面具男回答。他的說話方式既穩重又溫和。「他就是那個被扯進這件案子裡的人？」

這個男人似乎知悉齊藤的遭遇，大概是次郎事先向他說明過。

「對，還背了黑鍋。」次郎把視線移向面具男身旁。「這麼說來，妹妹被殺的就是這個小弟弟？」

小弟弟？這個人不是女生嗎？齊藤大吃一驚。經次郎這麼一說，那個人的喉結確實有點凸。

面具男瞥了門口一眼，說道：「兩個目標都在裡頭，沒出過家門一步。」

「怎麼辦？要怎麼進去？」

「讓裡頭的人開門就行。」說著，面具男從長褲口袋裡拿出手機。

「你要打給誰？」

「不，是等人打來。這支手機是我剛才從眼罩男的口袋裡借來的。」

聞言，女裝男大吃一驚。「你是什麼時候……」

話還沒說完，手機就響了。

延長賽十一局上

「……奇怪。」

麗子像條坐不住的狗，在原田祐介家的客廳來回踱步，喃喃自語。

「有什麼事奇怪啊～」

麗子沒有理會祐介缺乏緊張感的大舌頭說話聲，歪頭納悶。

「已經到了該聯絡我的時間，他們到底在幹什麼……」

麗子越來越擔心，便主動撥打電話。電話響了三聲後，對方接聽。

「喂，宗方？」

『妳就是淺倉麗子？』

對方並不是宗方。

麗子倏然沉下聲音。

「你是誰？」

『仁和加武士——這樣說妳應該明白了吧？』

仁和加武士，專殺殺手的殺手。這樣的人打電話來，而且用的是夥伴的電話。這代表——

「該不會——」

『妳的同夥被我殺了。』

不祥的預感成真，麗子的表情凍結。

「什、什麼？」

『我們的目標是市長的兒子，現在就要去殺那小子。』

說完，電話便掛斷。

祐介對麗子說：「麗子小姐，妳掉了東西。」

「咦？」

「那裡。」祐介指著地板。

腳邊有個黑色塊狀物體，大概是拿出電話的時候掉下來的，不過，麗子不記得自己曾在口袋裡放其他東西。

「這是什麼？」

「啊，是蜘蛛。」祐介撿起來。「蜘蛛的屍體。」

「給我看看。」麗子一把搶走。「……這不是蜘蛛。」

蜘蛛的屍體不該這麼硬。麗子將它捏扁，機械碎片飛了出來。這是竊聽器？還是發訊器？兩者都有可能。

話說回來，這玩意兒是什麼時候安裝的？誰動的手腳？麗子回溯記憶，然後想起來了。當時，那個叫榎田的情報販子不自然地勾住她的肩膀，或許就是趁著那個時候偷偷放進她的上衣口袋裡。她中計了。

這麼說來，打從那時候起，敵人就已經完全掌握他們的行動。這可不妙。仁和加武士說他要來殺市長的兒子，如果他和情報販子是同夥，他們的行蹤已經因為發訊器和竊聽器而暴露。

必須在殺手找上門之前快點逃走。就在麗子打算離開客廳時，有人從背後抓住她的手臂。祐介詢問：「妳要去哪裡？」

「逃跑。」

「為什麼？」

麗子越來越焦躁，粗聲說道：「有個厲害的殺手要來殺你！不快點逃跑，連我都會被殺掉！」

麗子甩開祐介的手臂，祐介的表情活像隻被拋棄的小狗。「欸，麗子小姐，妳不會拋下我吧？對不對？」

麗子幾欲作嘔。「誰要為了你這種渣男拚命啊！」

麗子留下祐介，走出客廳。當她在玄關穿好鞋子、打開門時，不禁瞪大眼睛。

「妳好，復仇專家來了～」一個男人站在門外。「妳逃不掉的。」

延長賽十一局下

接下來會發生什麼事？齊藤一臉緊張地靜觀事態發展。

面具男掛斷電話，片刻過後，門突然打開，一個女人衝出來。

「妳好，復仇專家來了～」次郎立刻抓住她。「妳逃不掉的。」

身穿套裝的女人渾身僵硬。「等、等等，你做什麼啊！」

「齊藤，就是這個女人沒錯吧？」次郎詢問。「向你搭訕的人。」

齊藤對這個女人的相貌有印象。就是這個女人，是她向自己搭訕，並且一起坐上計程車。齊藤連連點頭。「對、對！沒錯，就是這個人！」

「妳就是淺倉麗子？」

「是又怎麼樣？你們的目標是那個變態兒子吧？他在裡面，要殺要剮隨便你們。」

麗子厚顏無恥地說道，彷彿在說這件事與她無關。

「我也有事要找妳。妳讓別人背黑鍋，對吧？」次郎問道，依然抓著麗子的手臂。

「現在輪到妳當所有案子的凶手。」

次郎揍了麗子心窩一拳，打昏了她。為了預防她逃走，次郎將她五花大綁，扛在肩上。「嘿咻……還挺重的呢。」

面具男下達指示：「次郎，你們留在玄關監視，以防原田祐介逃走。我們去查看屋內。」

「好。」

面具男和女裝男進入屋裡，從玄關沿著長廊依序查看每個房間。

「不在廁所。」

「浴室也是空的。」

「這個房間好像沒人用。」

「也不在這裡。到底躲去哪裡？」

「這邊麼？」

面具男正要打開盡頭的客廳門時，浴室門突然打開，一個男人衝到走廊上，大概就是祐介吧。不知是不是躲在浴室的浴缸裡，面具男他們居然沒發現。祐介的手上拿著槍，槍口指著面具男他們。

「危險！」次郎叫道：「後面！」

面具男與女裝男不約而同地回過頭。祐介大叫：「去死吧！」面對意料之外的事態，兩人都反應不及，在狹窄的走廊上也無法避開子彈。至於次郎，他抱著女人，根本動彈不得，現在能夠行動的只剩下齊藤一人。

必須設法阻止他——齊藤如此暗想。

此時，齊藤的視野邊緣映出了棒球。玄關的鞋櫃上，擺放著職棒選手的簽名球。情急之下，齊藤伸手抓起球，高高舉起，投了出去。和祐介之間的距離大約是六公尺，齊藤游刃有餘。那是一記使勁渾身之力的偏高內角直球，球在球威絲毫未減的狀態下擊中祐介的背。祐介雙膝跪地，劇烈的痛楚讓他連半聲都吭不出來，在走廊上不斷打滾。面具男趁機制伏祐介，把他綁起來。

「好球。」面具男嘴角上揚。「多虧你救了我們。你的球投得真不賴。」

齊藤露出靦腆的笑容。「我高中時代是投手。」

「他還去過甲子園耶。」次郎興奮地說道：「欸，齊藤，我們在打業餘棒球，你要不要加入我們？我們缺投手和游擊手，正傷腦筋呢。」

缺投手和游擊手？該不會……

「你們的隊名是什麼？」

「博多豚骨拉麵團。」

果不其然。齊藤想起之前在超市看到的海報：『現正招募隊員！歡迎初學者！急徵投手與游擊手！』那個隊名很搞笑的業餘棒球隊原來是他們組成的？簡直就像是命運的安排。雖然齊藤已經決定不再打棒球，卻不由自主地回答：「我會考慮看看。」

次郎將綁住手腳的祐介和麗子塞進車裡後，便把齊藤送往附近的商務飯店。齊藤的工作結束了，剩下的交給次郎他們即可，相信他們一定會妥善處理。

「真的很謝謝你，次郎先生。謝謝你的照顧。」齊藤深深地低下頭。

「別客氣，這是工作……啊，對了。」臨別之際，次郎從車窗探出頭來，遞了張名片給齊藤。「這個給你。」

那是佐伯美容整形診所的院長名片。

「美容整形？」

「這個醫生的技術很好，你可以去找他。被全國新聞大肆報導後，你頂著那張臉不方便在外面走動吧？」

原來他是在勸齊藤整形，換個樣貌。確實，這麼做或許比較好。雖然對生養自己的父母過意不去，但齊藤實在沒有勇氣以曾被全國各地的新聞指為殺人犯而大肆報導的面孔繼續示人；再說，若是改頭換面，他說不定可以逃離那間公司，展開新的人生。或許這是個好機會——齊藤如此暗想。

林坐在副駕駛座上，開車的是馬場。片刻過後，大海映入眼簾，是碼頭。他們停下車，踏入並排的倉庫之一，那個叫次郎的人妖男已經在裡頭等候。中央有張椅子，市長的兒子原田祐介就被綁在椅子上。

「不想被殺的話就老實招來。」馬場威脅道。次郎用攝影機拍攝因為恐懼與寒冷而不斷發抖的祐介。

「對著鏡頭說出你的名字。」

「……原田祐介。」

「父親的名字和職業是？」

「原田正太郎，市長。」

「到目前為止，你殺了多少女人？」

「不知道，我忘了，大概五個吧。」

「但是你沒有被逮捕，為什麼？」

「因為我爸用錢替我解決了。」

「姦殺中國人林僑梅的也是你？」

「……對。」

「說出來！」

「說、說什麼？」

「在鏡頭前清楚明白地說出『姦殺林僑梅的人是我』。向被你殺害的人的家屬和被你找過麻煩的人謝罪。」

「姦、姦殺林僑梅的人是我！對不起，對不起！」

林的身體在無意識間動了。當他回過神來時，左手已經抓住男人的胸口，右手嵌進男人的臉頰。

「嗚噗！」突然被毆打，男人發出窩囊的叫聲。

右手揍完，這回林改用左手揍人。祐介連人帶椅倒下來，林騎在他身上，左右開弓地交互毆打他的臉龐。

「適可而止，會死人的。」馬場抓住林的肩膀制止他。「哎，反正之後一樣會殺死他就是了。」

「啊，喂？榎田嗎？」次郎撥打電話。「剛才我已經把影片傳過去了，編輯就交給你。馬場的聲音要變聲，還有最後拍到的那個孩子也要剪掉。」

林詢問次郎：「你想做什麼？」

「攔截電波。」回答的是馬場。「在福岡市的所有電視上播放這段影片。不光是家用電視，還有 SOLARIA 的大電視牆和博多站周邊的大型電子看板之類的各個地方。這樣一來，市長就會失勢了。」

祐介大叫：「放過我吧！我已經道歉了啊！」

「你以為道個歉就會原諒你？」次郎瞪著他。「怨恨你的人很多，大家都想讓你嘗到同樣的苦頭，和被姦殺的受害者一樣的苦頭。如果你以為只有女人才會被強姦，那可就大錯特錯。今天，我找了持久力超群且專作一號的同志朋友過來，你做好覺悟吧。」

「以牙還牙，以姦還姦。」倉庫深處傳來另一個男人的聲音。從黑暗中現身的是那個黑人，揍了林一拳的拷問師馬丁內斯。見到祐介，他露出賊笑。「太好了，是個不懂世事又囂張跋扈的小鬼，我最喜歡了。」

祐介臉色發青，流淚顫抖。接下來是什麼樣的拷問在等著他？他怕得不敢想像。對於這個男人而言，這是絕佳的懲罰。

次郎詢問馬場和林：「接下來就要開始拷問了，你們要怎麼辦？」

「要參觀嗎？」馬丁內斯露出淫猥的笑容。「臨時參加我也很歡迎喔。」

馬場望著林，雖然他臉上依然戴著面具，但林知道他正在詢問自己：「你想怎麼辦？」

「不，不用了，我不想再看見這傢伙的臉。」林搖了搖頭。「不過，謝謝你們。看到他窩囊的哭喪臉，我的怨氣消了一些。」

次郎微微一笑。「不客氣。」

「那就走人唄。謝謝你們幫忙，次郎、馬丁大哥。」

馬場離開倉庫，林隨後跟上。

走在貨櫃堆積的道路上，林對著馬場的背部說：「欸，是你委託復仇專家的嗎？」

「是呀。」馬場停下腳步，回過頭來，摘下面具說道：「其實我也接到委託，要我揭發市長的惡行，施予社會制裁。市長的權勢那麼大，只能靠市民來制裁他。這樣多少也能慰藉你妹妹的在天之靈吧。」

「……多管閒事。」

林嘀咕道，但馬場充耳不聞。

「肚子餓了沒？」

這麼一提，林今天粒米未進，他的肚子就像回應馬場的問題般咕嚕作響。

「回去以後我煮麵給你吃。」

馬場露齒微笑。

「……又是豚骨拉麵？」

說什麼煮麵，明明只是加熱水而已，說得好像是什麼天大的恩情一樣。林在心中埋怨，然而一想到當時的泡麵滋味，乾燥的口腔便逐漸因為唾液而濕潤。光是回想起豚骨湯頭的香味，鼻孔就開始抽動。

「……哎，吃就吃吧。我的原則是不可浪費食物。」

馬場邁開腳步，林也隨後跟上。側腹突然抽痛一下，傷口似乎裂開了，衣服滲出鮮血。對了，我受傷了——林想起此事，皺起眉頭。啊，好痛，身體使不上力。林忍不住在原地蹲下來。「痛死了，混蛋。」

馬場停下腳步，回過頭來。「怎麼啦？」

「傷口好像裂開了。」林發出可憐兮兮的聲音。

「哎呀呀。」馬場走過來，窺探林的臉龐。「不要緊唄？」

林撐著牆壁站起來，然而腳步依然不穩。「很要緊，頭昏眼花。」

「走得動麼？」

「……走不動。」如果硬撐著應該走得動，但他不想硬撐。

不知是不是看出林的心思，馬場的臉上露出笑意。「要我背你麼？」

「……快背。」

「是、是！」

馬場在眼前彎下腰。他看起來雖然瘦，背部卻意外地寬廣。

賽後訪談

之後，隨著親生兒子的醜聞曝光，原田正太郎失勢了。

原本外界都看好原田將壓倒性地贏得這次市長選舉，最後卻是由其他候選人輕鬆獲勝。隨著影片公開，原田正太郎勾結黑道之事也跟著被揭發，原田正太郎與祐介父子的事件給福岡市民帶來莫大的震撼。市長被逮捕，兒子死亡。根據媒體報導，屠殺張等人、綁架祐介的主謀是淺倉麗子。聽見這個名字時，齊藤不禁大吃一驚。復仇專家連個「復」字都沒見光。雖然結局亂七八糟，但總算解決了，齊藤也恢復清白，真是謝天謝地。

今天的博多巴士總站人潮異常洶湧。鷹隊能否獲得總冠軍的比賽即將展開，前往福岡巨蛋的巴士乘車處擠滿了人。齊藤走下地下街。地面上水洩不通，地下鐵則是人山人海，大概是打算從唐人町站前往巨蛋。

為了造訪次郎介紹的佐伯美容整形診所，齊藤在天神下了電車。診所小巧整潔，候診室裡有個布告欄，齊藤的視線停駐在其中一張海報上。那是從前在超市看到的業餘棒球隊「博多豚骨拉麵團」的海報。次郎也是這個球隊的隊員。原來他們在這裡也張貼了海報？

仔細一看，海報上的「急徵投手與游擊手」的「游擊手」部分被畫上雙刪除線，成了「急徵投手」。他們似乎找到游擊手了，現在只缺主唱。

急徵投手——齊藤有種受到呼喚的感覺。你是投手吧？有經驗吧？那就和我們一起打球——海報對齊藤如此訴說。要不要重拾棒球？再投一次試試吧。齊藤覺得自己現在應該可以投球了。這一定是老天爺給他的最後一次機會。待整形完畢、改頭換面後，就重拾棒球吧！齊藤下定決心。

手術結束後，齊藤聯絡了次郎。聽他表示希望加入球隊，次郎非常開心。

次郎告訴齊藤下禮拜有練習賽，希望他立刻報到。比賽當天，次郎開車前來齊藤的公寓接他，整形外科醫師佐伯醫生和拷問師馬丁內斯也坐在車上，大家似乎都是同一個球隊的隊員。美紗紀坐在副駕駛座上，她是啦啦隊員。

比賽地點是氣派的公共棒球場，聽說他們租了三小時。齊藤到場時，幾乎所有隊員都聚集在休息區裡。

「你就是齊藤？我是教練源造，請多指教。」

齊藤和年近六十的啤酒肚男人握手。

「我是齊藤，請多指教。」

「我聽次郎說了，你從前是名校的王牌投手？期待你的表現喔。」

「不，我已經很久沒打棒球了。」齊藤露出含糊的笑容。「我會加油，別扯大家的後腿。」

「來，這是我們球隊的制服。」

說著，源造遞了套球衣和帽子給齊藤。制服的設計實在稱不上帥氣，球衣是暗粉紅色的，正面以哥德字體寫著「TONKOTSU（豚骨）」字樣，並印有豬的剪影圖案，背面則是背號和名字。齊藤的球衣上印的是「SAITOH」，背號十八號，是王牌投手的背號。帽子也和球衣同色，有個「R」標誌，大概是「拉麵團」的第一個英文字母。雖然不覺得帥氣，不過穿起來挺好看的。

「這是今天的棒次表。齊藤，你擔任投手，打第九棒。」

齊藤觀看貼在休息區的紙張。

一棒中外野手　榎田

二棒右外野手　大和
三棒左外野手　次郎
四棒一壘手　馬丁內斯
五棒二壘手　馬場
六棒捕手　重松
七棒三壘手　佐伯
八棒游擊手　林
九棒投手則是齊藤的名字。

已經有七個隊員到場，各自進行比賽的準備工作。

「齊藤，一起傳接球吧。」次郎開口相邀。

在他們透過傳接球暖肩之際，一名髮色花俏的青年一面揮棒，一面對著馬丁內斯抱怨：「我已經受夠這頂頭盔了。」

青年的背上印有「ENOKIDA」字樣，他大概就是中外野手榎田，有著第一棒打者常見的體型，看起來跑得很快。

「我不太喜歡戴帽子或安全帽，會弄塌我的髮型。哎，你是光頭，大概不明白我的心情吧。」

「哦？你那是髮型啊？我還以為是安全帽。」

「吵死了。」

這回輪到捕手重松向齊藤攀談。「齊藤老弟，肩膀暖好了嗎？要練投嗎？」

「啊，麻煩你。」

他們擬定簡單的暗號後，重松便蹲下來接了齊藤幾球。此時，一輛車停進本壘後方防護網後的停車場。兩個身穿豚骨拉麵團制服的男人下了紅色 Mini Cooper，朝這個方向走來。

「我不是說過我不想打棒球嗎？」

「你就當作是被騙了，打打看，很好玩的。」

「鐵定不好玩，不用打我也知道。」

「別這麼說唄，林林。」

「不要用那種活像貓熊的名字叫我，馬蠢。」

又是似曾相識的雙人組，把長髮綁成一束的矮小男人和手腳修長的瘦弱男人，制服背面印著「LIN」和「BANBA」。他們就是游擊手林和二壘手馬場？這下子全員都到齊了。前者的背號是六號，後者是二號。光看背號，似乎是一對合作無間的二游搭檔。

「怎麼這麼晚才來？」重松對馬場說道。

「這小子囉哩囉唆的。」馬場用下巴指了指林。「花了好大一番功夫才讓他穿上制服。」

「這是什麼爛衣服啊？醜斃了，真的醜斃了。」

「很適合你呀，小林，超帥的。」

「我一點也不開心。」

面對繼續鬥嘴的兩人，重松啼笑皆非地說：「別說了，快點準備吧，對手已經在等我們。」

對手也是社會人士組成的球隊，年齡層很廣，從二十幾歲到四十幾歲都有。由於我方人數勉強才達標，主審和壘審都是由對手派人擔任。

雙方丟銅板決定攻守順序，博多豚骨拉麵團是後攻，大家各自就守備位置。正當齊藤用腳抹勻投手丘的紅土時——

「我不太懂棒球規則耶。」

站在游擊位置的林居然說出這番驚人之語。喂喂，這樣沒問題嗎？真不愧是業餘棒球，齊藤不禁發笑。

二壘上的馬場對林說：「你就把飛過來的球接住，傳向一壘就行了。」

「一壘？一壘在哪裡？」

「那邊，傳給那個人，多明尼加人的馬丁大哥。」

「哦。」

一局上，對手進攻。

起先，齊藤的控球並不穩定，面對第一棒打者投出了四壞球，一開賽就讓打者上壘。

「別在意。」二壘上的馬場叫道。

雖然沒投進好球帶，但是手感並不差。球進了捕手手套，不像從前那樣完全投不了球。沒問題，做得到，一定做得到，可以壓制住打線。齊藤點了點頭。

無人出局，一壘有人。面對第二棒打者，齊藤投的第一顆球是滑球。打者打擊出去，球緩緩地滾向游擊手。糟糕──齊藤暗叫不妙。他居然讓球打向初學者守備的位置。一壘跑者奔向二壘，馬場也立即回到壘包上。

林做出了反應。齊藤本來以為林會失誤，誰知他的動作非常輕快，或許是運動神經本來就很好。他垂下手套抓起球後，轉為投球動作。「嘿！」馬場叫道，在二壘壘包上張開手套，等待林傳球給他。林把球換到右手上，傳了出去。

好，游擊方向滾地球，雙殺。

齊藤如此暗想，誰知林並非傳向二壘，而是一壘。球彈跳一次過後，進了一壘手的手套裡。

一壘審握拳高叫：「出局！」

詭異的氣氛飄盪在現場，只有林滿面笑容。「搞什麼，原來棒球很簡單嘛。」他得意洋洋地說道。

跑者仍然留在二壘上。

「怎麼樣？」林望著馬場，表情活像考試得了一百分的小孩。「出局了。」

馬場怒吼：「為啥不傳二壘！」

「啊？你在生什麼氣！」突然被吼，林一臉錯愕。「是你叫我傳給那個人的耶！」

「跑者有兩個，你先傳二壘，我再傳給一壘手，這樣就是兩出局。但你傳給一壘手，只有一個人出局，懂了麼？」

「……這麼重要的事你幹嘛不一開始就說啊？」

總之，以後絕不能再讓打者擊出游擊方向的滾地球——齊藤如此暗下決心。

下一名打者打中齊藤投出的第一顆球，那是直球。被打出去了嗎？齊藤暗想，但球飛得並不遠，是幾乎朝著左外野手定點落下的高飛球。次郎接住球後，迅速傳給三壘手佐伯。

兩出局，跑者依然停在二壘不動。

面對下一名打者，齊藤接連投出變化球。在靠著兩顆界外球取得球數領先後，齊藤使盡渾身之力投出直球，打者揮棒落空，三振出局。這下子就三出局了。狀況越來越好，球速、控球和變化球的準度都漸入佳境，他甚至覺得自己過去的球感回來了。當他投出內角偏高的直球三振了打者，忍不住擺出小小的勝利手勢。

接著攻守交換，豚骨拉麵團勢如破竹，第一棒榎田靠著短打上壘，第二棒大和則是成功打出犧牲打。一出局，二壘上有跑者。「次郎，加油！」在休息區的美紗紀聲援下，第三棒次郎打出的是平凡的滾地球，但由於二壘手失誤而上壘，榎田則趁機上三壘。第四棒馬丁內斯接著打出特大號全壘打。比數形成三比零，局勢對己方相當有利。

輪到自己上場前，齊藤都在休息區拚命加油。他很久沒這麼放聲大喊了，感覺很舒暢。往事重新浮現於心頭。終日浸淫於棒球之中的高中時代。他終於想起來了——我喜歡棒球。

之後，第五棒馬場打出突破一壘防線的三壘安打；接下來的第六棒重松被三振，兩出局，三壘有人。第七棒佐伯在僵持了九球後，獲得四壞球保送。

第八棒林進入了打擊區。

「打到球就跑向一壘！」馬場在三壘上大聲呼喊。「你可別往我這邊跑呀！」

「吵死了，馬蠢！我知道啦！」

面對第一顆變化球，林人棒一揮，打了出去。雖然是疲軟無力的游擊方向滾地球，但林的速度贏了，是一記內野安打。馬場趁機跑回本壘，比數形成四比零，遠遠地甩開對手。

「看到了沒！」林在一壘壘包上大叫。他一臉開心。「我打出安打了！」

「小林、小林。」回到休息區的馬場再次呼喊：「打擊出去以後，球棒就可以扔下，不用拿著跑壘。那不是接力棒。」

「你真的很囉唆耶！小心我宰了你！」林難為情地扔掉右手握著的球棒。

打順輪到齊藤。齊藤一直是擔任投手，但他的打擊能力其實並不差。來一記重砲吧！齊藤站上打擊區，鼓起幹勁。

他舉起球棒，凝視著投手。

投手高高地舉起手來，投出第一顆球。

齊藤心下一驚。

球朝著他的臉一直線飛過來。

鈍滯的聲音響起，一陣衝擊竄過。球擊中齊藤的頭盔，頭盔飛出去，齊藤的身體猛然翻轉。

齊藤當場倒地，感受到一股猶如被大鐵鎚毆打般的劇痛。他頭疼欲裂，眼冒金星。隊友一同奔上前來。「齊藤老弟，你沒事吧？」有人如此詢問。「喂，叫救護車！」另一道聲音響起。

發生了什麼事？

豚骨拉麵團的隊員全都圍著齊藤，一臉擔心地俯視著他。

只有次郎露出笑容。他雙手合十，頭往右歪，嘿嘿笑了一聲，表情宛若在說：「抱歉～」

這是怎麼回事？

齊藤轉動視線，看見敵隊的投手。他若無其事地走向齊藤。

咦？

那個投手長得很眼熟，和高中時代被齊藤的頭部觸身球擊中的對手有點相像。

——該不會……

不，不可能。是巧合嗎？這會是巧合嗎？還是打一開始就串通好的？自己被設計了嗎？他是何時成為復仇目標？

齊藤在意識朦朧之間凝視著投手的臉。對方的嘴唇動了，齊藤彷彿聽見「自作自受」四字。

以眼還眼，以牙還牙。

坐在休息區觀戰的美紗紀似乎笑了。

TONKOTSU
TONKOTSU
51
TONKOTSU
42
TONKOTSU
18
TONKOTSU
7
ENOKIDA
24

hakata tonkotsu ramens

博多豚骨拉麵團

HAKATA TONKOTSU RAMENS

GAME SET

後記

首先，我必須聲明。

本故事純屬虛構，博多人口的百分之三是殺手完全是胡說八道。福岡是個非常和平又美好的城市，幾乎沒有槍擊案發生（偶爾會有國中發生槍枝走火事件就是了），安全宜居，打算前往福岡旅行或移居福岡的朋友敬請安心。

回到正題。這部作品榮獲電擊小說大賞的「大賞」。說到電擊大賞，投稿作品可是不計其數……我至今仍然不明白自己為何能夠得獎。當我告訴朋友「我在頒獎典禮上接受採訪，回答『我想效法山本昌投手（變成職業生涯像他那樣長久的作家）』」時，朋友問我：「你是得了澤村賞(註5)嗎？」……這段插曲姑且擱下，總之，本作就如同書名所示，是以福岡為舞台。我是在福岡市內出生長大，但並非道地的博多人，所以作品中出現的博多腔或許不夠正統。不過，常見語助詞的用法差異這類語感方面的問題我有格外留意，希望能夠讓讀者享受到博多的氛圍。

福岡真的是個好城市，食物也很美味。如果大家因為本書而萌生「想去福岡看看」

的念頭，就是我無上的幸福。

接下來是謝詞。

首先，我要感謝所有評選相關人士與促成本書出版的各方人士。責編和田編輯、遠藤編輯，謝謝你們平時的幫助，給予我莫大的鼓舞，今後也請繼續關照。我很期待牛雜鍋（雞肉鍋？）喔。

替本作繪製了酷炫時尚插畫的一色箱老師，能夠和同為大獎得主的您共事是我的光榮。下次一起去看音樂劇吧。

還有替我寫推薦文的成田良悟老師，感謝您在百忙之中撥空。老實說我買的第一本電擊文庫小說就是成田老師的作品，如今有緣獲得老師推薦，實在令我感動不已。

最後，要感謝拿起拙作的各位讀者。我會繼續努力，展現我成長過後的一面給大家看。

木崎ちあき

◉註5：日本職棒為紀念二次大戰前的傳奇投手澤村榮治所設立的獎項，用於表揚該年度最優秀的先發投手。

神的垃圾桶

入間人間

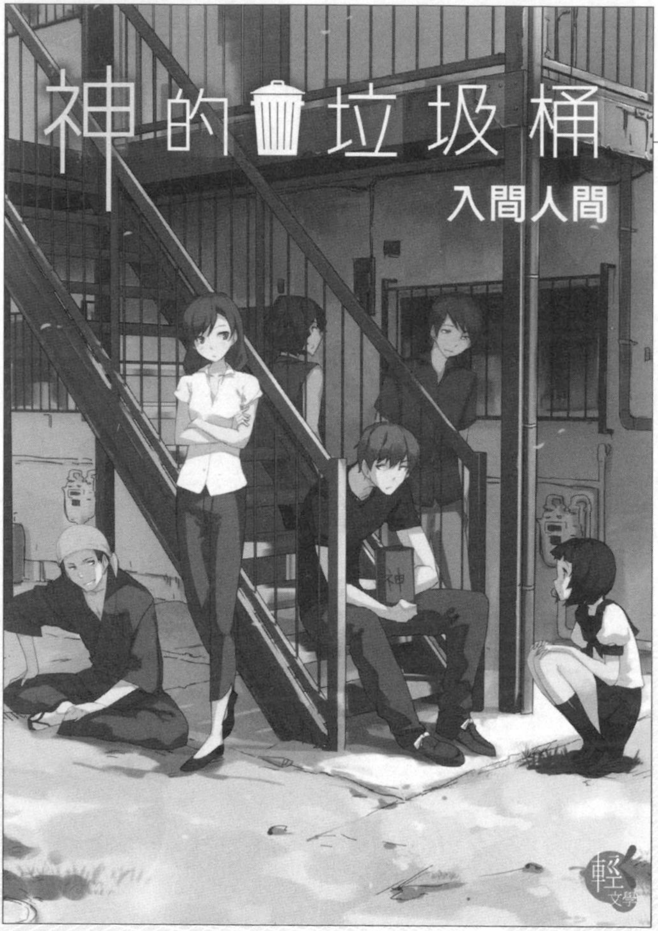

垃圾桶裡自動出現垃圾的那一天起，
我與「她」的互動就此展開——

神的垃圾桶

入間人間／著　林冠汾／譯

在學校附近租屋的大學生神喜助。因前女友將他的姓氏「神」寫在垃圾桶上，從此，他的垃圾桶竟成為「有魔法的傳送裝置」，不時送來公寓其他住戶不要的「垃圾」。某日，他在垃圾桶中發現一張紙，上頭寫著令人臉紅心跳的詩，卻疑似是自殺預告？而另一張女國中生想進行援交的紙條，也悄悄出現在垃圾桶中——

定價：NT$300/HK$90

入間人間

我的小規模自殺

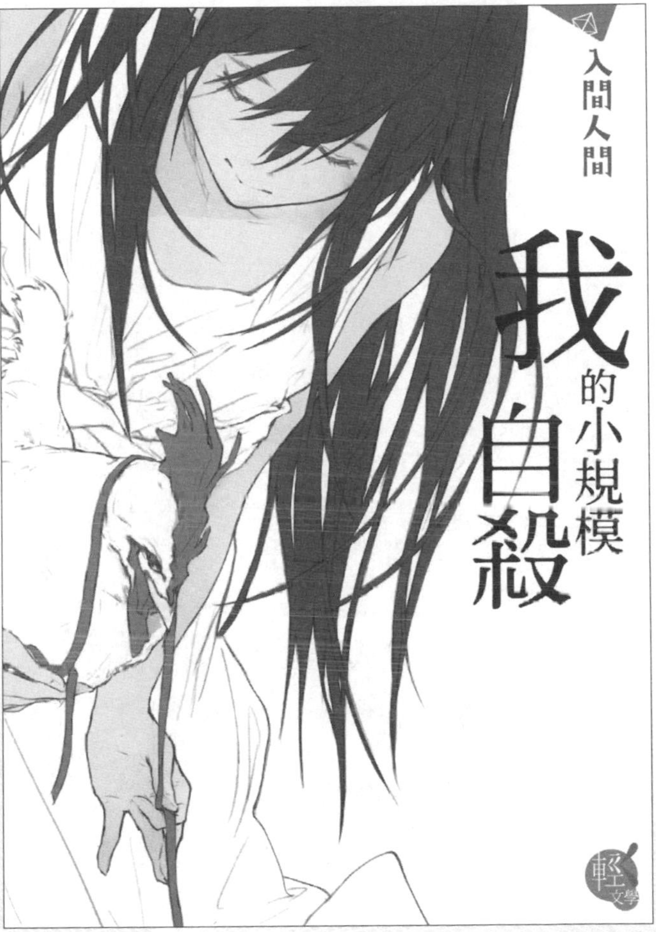

犧牲一個人的命就能拯救全人類，是多麼划算的事，
但，當那個人是你的摯愛時，你會如何選擇？

我的小規模自殺

入間人間／著　楊詠晴／譯

自稱是未來使者的雞，在我的餐桌上預言了她的命運。她三年後會死，為了拯救全人類……那隻用雞喙戳著桌子、咕咯咕咯吵死人的雞說著：「改變未來吧！」當接受這一切全都是真的之後，為了將受到病魔襲擊而死亡的她，我決定奉獻這三年的時間。而未來，真能如我所願嗎？

定價：NT$240/HK$75

國家圖書館出版品預行編目資料

博多豚骨拉麵團 / 木崎ちあき作 . -- 初版 . -- 臺北市 : 臺灣角川 , 2017.12-

冊 ;　公分 . --（角川輕 . 文學）

譯自 : 博多豚骨ラーメンズ

ISBN 978-957-8531-37-6(第 1 冊 ; 平裝)

861.57　　106020213

hakata tonkotsu ramens

博多豚骨拉麵團 1

原著名＊博多豚骨ラーメンズ

作　　者＊木崎ちあき
插　　畫＊一色 箱
譯　　者＊王靜怡

2017 年 12 月 21 日　初版第 1 刷發行
2018 年 4 月 23 日　初版第 2 刷發行

發 行 人＊成田聖
總　　監＊黃珮君
總 編 輯＊呂慧君
副 主 編＊溫佩蓉
美術設計＊吳佳昀
印　　務＊李明修（主任）、黎宇凡、潘尚琪

台灣角川

發 行 所＊台灣角川股份有限公司
地　　址＊105 台北市光復北路 11 巷 44 號 5 樓
電　　話＊（02）2747-2433
傳　　真＊（02）2747-2558
網　　址＊http://www.kadokawa.com.tw
劃撥帳戶＊台灣角川股份有限公司
劃撥帳號＊ 19487412
法律顧問＊寰瀛法律事務所
製　　版＊尚騰印刷事業有限公司
I S B N＊978-957-853-137-6

香港代理＊香港角川有限公司
地　　址＊香港新界葵涌興芳路 223 號新都會廣場第 2 座 17 樓 1701-02A 室
電　　話＊（852）3653-2888